고맙소

고맙소

서수용 선생 회고록

오버추어(서주)

삶을 사는 방법은 두 가지가 있다고 한다.
하나는 아무것도 기적이 아닌 것처럼 사는 것이고
다른 하나는 모든 것이 기적인 것처럼 사는 삶이라 한다.

　살아온 시간만큼 달라지는 외면적인, 내면적인 변화는 피할 수 없다. 외면적인 것은 나나 주변 누구나 확연히 확인할 수 있는 모습이지만 내 안에 일어나는 변화된 모습은 내 모습임에도 나조차도 확인하기가 쉽지 않다. 나보다 주변 사람들이 말하고 평가하는 말속에서 인정하고 싶지 않지만 맞닥뜨리게 되는 나의 모습들을 본다. 나도 의식하지 못하는 사이 내 속에 굳은살처럼 고집스럽게 자리 잡고 있는 나의 모습을 만나게 된다. 63년 사는 동안 내 안에 내가 원해서 키워 온 내 모습과 내가 원하지 않음에도 자리 잡게 된 나 자신과 마주하는 시간을 갖는다. 그 과정에서 내려놓아야 하는 모습과 달래서라도 키워 가고 싶은 나를 만나러 간다. 이 글을 쓰는 동안.
　나이가 잘 든다는 것이 어떤 것일까?
　외모를 잘 챙겨서 건장함을 유지하고 있는 모습일 수도 있겠다.

이 나이가 되어서 내가 생각하는 잘 산다는 것은 지금부터라도 최소한 자신만이 아는 내면의 모습이 부끄럽지 않아야 한다는 것이다. 그렇게 살기 위해 어제까지 나의 모습을 돌아본다. 그 모습들에서 생각의 그물망을 쳐서 내가 걸러야 할 것을 찾는 일을 시작한다. 63년을 살면서 한 번도 정리하지 않고 되는대로 쌓아 두기만 한 내 인생의 방을 구석구석 정리하고 청소하는 시간이 필요했다. 그 방구석을 뒤지며 숨길 수 없는, 피할 수 없는 과거의 나 자신과 직면하는 시간을 갖는다. 대하는 순간마다 왜곡되지 않고, 눈 감지 않고, 솔직할 수 있기를, 기도하는 마음으로 시작한다.

그 과정을 마칠 때쯤엔 미련 없이 충분히 비우고 비워서 진솔한 자신만 남기를 기대한다.

"짧게 써라! 그러면 읽힐 것이다.

명료하게 써라! 그러면 이해될 것이다.

그림같이 써라! 그러면 기억 속에 머물 것이다." 퓰리처상을 만든 조지프 퓰리처의 말이다. 읽는 것도 잘 안 하던 내가 글을 쓰고자 마음먹고 보니 이 말이 어느 때보다 많이 와닿는다. 기억 속에 남을 그림 같은 글은 아니더라도 마음만이라도 중언부언하는 글은 쓰지 말자는 생각으로 쓴다.

회고록을 쓰고자 했을 때 가장 당황스러웠던 것은 어제 무엇을 먹었는지조차 기억하지 못하는데 과거 60여 년을 돌아보고 기억해야 한다는 사실에 앞이 막막했고 두렵기조차 했다.

　그리고 기억을 기록해 가는 과정에서 생각조차 하기 싫어 꽁꽁 싸매고 묻어 두었던 저 깊은 과거 속의 기억을 내 손으로 풀어 헤쳐 내 손으로 끄집어내서 세상 속에 펼쳐 놓아야 하는 끔찍한 일을 내내 견뎌야 한다는 것이었다.
　우리는 자신이 만든 그럴듯한 환상과 같은 자아를 늘 갑옷처럼 입고 산다. 정도의 차이가 있을 뿐이다. 원하는 만큼의, 용납되는 만큼의 가식적인 자아를 벗기고 솔직하게 쓰고자 했으나 그조차도 나 자신이 하는 일이라 얼마나 진솔할지는 여전히 자신이 없다. 너그러이 보아주시길 바랄 뿐이다.
　이 글을 쓰는 동안 날마다 새롭게 만나게 되는 나의 생각, 가족 관계, 친구 관계, 또 사회에서 만난 사람과 사람들의 관계를 벗기는 과정이라 글이 이어지지 않는다. 어떤 날은 컴퓨터 앞에 앉아 온종일 한 줄도 쓸 수 없는 날이 많았다.
　나라는 동굴에 갇힌 사람이 과거의 자신을 다 회기하기 전에는 동굴을 나올 수 없는 형벌을 받은 사람인 양 날마다 같은 자리에 앉아 한 가닥씩 떠오르기도, 사라지기도 하는 기억들에 붙들려 시간과 씨름을 했다.
　이 글을 보는 여러분도 한 번쯤 시도해 보기를 바란다. 자기 삶을 한 단어로, 한 문장으로, 한 페이지로 적어서 지금까지의 자신의 삶을 돌아보는 시간을 갖기를!

  더 나은 삶을 살 것이라는 확신은 없지만, 최소한 후회가 덜한 삶을 살기에는 충분히 의미가 있으리라 믿는다.

  그래서 내 삶의 회기를 더 이상 미룰 수 없고, 꼭 해야 할 때가 되었다 생각하여 시작해 본다. 고1, 17세에 성악을 시작해서 무대의 연주가로, 교단의 교사로 45년의 세월을 마무리하면서 많은 이가 은퇴 음악회를 권했다. 목소리는 나이만큼 그 기량이 떨어진다. 연주자에서 교사로 마무리하면서 굳이 무리한 연주를 한다는 것이 자신에게도 부담인데 그 부담스러움을 안고 부르는 노래를 듣는 이는 더 부담스러울 것은 분명한 사실이다. 그래서 노래가 아닌 살아온 시간들에 대한 마음을 풀어 보고자 한다.

  회고록의 제목을 두고 고민이 많았다.

  나의 인생 전체가 기적이요, 하나님의 은혜였기에 '모든 게 은혜였소'라고 할까도 생각했다. 그러나 하나님뿐만 아니라 내 인생에 여러 모양으로 은혜를 베풀어 준 사람들이 많다 보니 모두에게 감사의 마음을 전할 제목을 찾다가 호중이가 〈미스터트롯〉 결승에서 부른 곡 〈고맙소〉가 떠올랐다.

  하나님께는 불경스러운 반말로 들릴 듯하여 주저했지만, 나의 하나님을 포함하여 모든 분께 감사할 수 있는 함축적인 말로 '고맙소.'라는 말보다 더 적당한 말을 찾을 수가 없어 제목으로 정했다.

이 회고록은 나 자신이 하나님께 드리는 감사의 편지이자 인생에서 **'나만 왜 이럴까?'**라는 질문을 가지고 고민하는 그 누군가에게 작은 위로의 글이 되기를 바라는 바람이 있다. 그리고 이 글을 읽는 독자 중에는 나에 대한 이야기보다 호중이에 관한 이야기를 더 많이 궁금해하는 분도 있으리라 생각한다. 나 역시 호중이와 관련된 알려지지 않은 이야기들이나 왜곡된 사실들을 누군가는 한 번쯤 바로잡을 필요가 있다고 생각했지만, 그것도 생각보다 쉽지는 않았다. 썼다 지우기를 반복하다가 이제 겨우 아물어 가는 상처를 굳이 다시 헤집어 낼 필요가 있나 싶어 결국 마음속 깊이 넣어 두기로 한 이야기가 많다. 누군가에게는 아련한 추억이지만 누군가에게는 잊고 싶은 쓰라린 추억일 수 있기 때문이다.

기억의 망각 속에 왜곡된 기억이 있을 수 있어 내 인생에 등장하는 수많은 인물을 글로 표현하는 데 많이 조심스러웠다. 그분들에게 사전에 동의를 구하지 않음에 양해를 구한다. 내 인생을 살면서 느낀 그분들에 대한 나의 생각과 감정들이라 다분히 주관적임을 염두에 두고 보시기를 바란다.

모든 이야기를 최대한 객관적으로 다루려고 노력했지만 어쩔 수 없는 나의 이야기인지라 주관적인 판단이 들어갈 수밖에 없었다.

나를 미화시키고 나에게 유리한 이야기만 풀어 갈 수도 있다.

하나님의 아들로, 한 여자의 남편으로, 아이들의 아버지로, 선생으로 인생을 회고하며 글을 정리했다.

프로그램

1막 슬픈 안단테
(느리고 슬프게)

2막 아지타토 칸타빌레
(격렬하게 노래하듯이)

3막 엘레간테 칸초네
(우아한 노래)

4막 그란데 아리오조
(위대한 아리아)

5막 콘 푸오코
(불꽃처럼 열정적으로)

6막 돌체 칸타빌레
(아름답게 노래하듯이)

7막 앙코르

책을 마치면서

1막

슬픈 안단테
(느리고 슬프게)

1장

인자하신 아버님 그리고
자식 사랑이 끔찍하셨던 어머니

나는 1960년 10월 경북 김천에서 형과 여동생이 있는 2남 1녀의 차남으로 태어났다. 아버지는 달성 서씨와 성희라는 이름을 가지신 분으로 그 당시로는 흔하지 않은 여성스러운 이름을 가지셨고 어머니는 안동 권씨 집안에 점선이라는 이름을 가지셨는데 어렸을 때 나는 어머니 이름을 어디서 말해야 할 때면 약간 촌스럽다고 생각해 선뜻 대답하지 못하고 주저하곤 했다.

아버지는 경북 구미시 도개면(과거 선산군)의 가난한 농부 집안에서 4남 2녀 중 넷째 아들로 태어나셨다. 도개면에서 초등학교를 졸업하시고 집안이 가난하여 중학교를 보내 주지 않으니 공부해야겠다는 일념으로 야반도주하여 당시 부산 미군 부대에서 일하고 계셨던 셋째 형님에게로 가서 고등학교를 졸업하고 대학교에 막 들어갔을 때쯤 집안끼리의 중매로 얼굴도 모르는 어머니와 결혼하셨다.

아버지는 기골이 장대하신 분으로 어머니 말씀으로는 젊은 시절 지역 씨름 대회에서 황소를 타셨을 정도로 힘이 장사였던 분이셨다. 선이 굵고 속정이 깊으신 분으로 인자하시고 올곧으신 분이셔서 어디를 가시든지 사람 좋다는 말을 항상 들으셨던 분이셨다.

어머니가 돌아가시기 전에는 나는 매일 대구에서 김천 학교로 출퇴근했다. 어머니가 갑작스럽게 돌아가신 후 자녀들과 함께 살기를 원치 않으셨던 아버지는 홀로 김천 집에서 지내고 계셨다. 어머니 살아생전에 자식 노릇 제대로 못 한 후회와 사랑의 빚이 많아 이제라도 후회되는 일은 하지 말자는 생각으로 아버지와 함께 생활을 시작했다. 주중에는 김천 아버지 집에 머물면서 아버지와 함께 보내고 주말에는 대구로 가는 주말부부 생활을 했다.
아버지와 함께 지내는 동안 경상도 남자 둘이 지내는 시간들이라 특별한 것은 없었지만 같은 공간에 있다는 것만으로도 서로 의지가 되고 위로가 되는 귀한 시간들이었다. 2014년 어머니 돌아가시고 2018년 병원에 입원하시고 돌아가시기까지 4년여 시간 동안 말로 표현할 수 없는 잔정이 많이도 쌓였다는 걸 돌아가시고 난 다음에야 비로소 느낄 수 있었다.

아버님 (기골이 장대하신 장사셨다.)

　살아생전에는 어머니와 잘 맞아서, 이런저런 추억이 많아서 두 분
다 돌아가시고 나면 어머니가 훨씬 더 많이 보고 싶을 줄 알았다.
그런데 막상 두 분 다 돌아가시고 난 지금은 아버지가 보고 싶을 때
가 더 많다. 말로 표현할 수 없는 그리움이 늘 가까이 있다. 그럴 때
면 어머니 좋아하시는 꽃을 사 들고 김천에서 30분 거리에 있는 선
산으로 달려가 아버지, 어머니 산소 앞에 한참을 앉아 있다가 온다.

큰 나무와 큰 산과 같이 늘 누구에게나 한결같으셨던 아버지가 보고 싶다. 난 이런 내 아버지를 존경한다.

어머님은 공교육을 제대로 받으시지는 못했지만, 성격이 굉장히 강하시고 머리가 총명하신 한마디로 여걸이셨다.

목소리도 크시고 말재간이 좋으셔서 말씀하시다가 상황에 맞는 비유의 말씀을 하실 때면 듣는 사람 모두가 탄복할 정도 재미있으셨다.

예민하시면서 자존심이 강해 누구에게 지기를 싫어하시는 분이셨다. 절대 누구에게도 부탁하거나 부족함을 드러내는 것을 용납하지 않으셨던 분이다. 그만큼 생활력도 강하셨고 알뜰하셔서 빈손으로 시작한 두 분은 생전에 돈도 어느 정도 벌어 보셨고 또 사람 좋아서 주변을 쉽게 믿고 보증을 섰던 탓으로 그 많았던 재산을 다 잃기도 하는 삶을 사셨다.

못 배우신 한으로 자식들 교육을 위해서라면 아낌없이 돈을 내어놓으셨지만, 과자 사 먹겠다고 "엄마, 10원만." 하고 조르는 내게 "10원이 있으면 내가 조폐공사를 차리겠다."라고 하시며 단칼에 자르시곤 하셨다.

이러한 분도 자식 사랑만큼은 끔찍하셨다. 특히 삼 남매 중 나에 대한 사랑이 유독 별나셨다. 나는 우리 부모님에게는 아픈 손가락 같은 아들이었다. 내 눈의 선천적인 장애가 그분들의 잘못도 아니건만 돌아가시기까지 그 마음을 내려놓지 못하셨다. 부모님과 나의 사랑은 이렇듯 아픈 손가락으로, 사랑의 빚쟁이로 서로 얽혀 아픈 마음을 나누는 애틋함이 많았다.

무거운 뭔가를 옮길 일이 있을 때도 어머니는 장군 같은 아들을 둘씩이나 두고도 굳이 아버지를 불러 일을 시키셨다. 자식들은 아까워서 일을 시킬 수가 없다고 하셨다.

꽃을 좋아하셨던 분, 조화라도 늘 집에 꽃이 있었다. 지나고 보니 살아생전에 어버이날 카네이션 말고는 어머니에게 꽃을 선물한 적이 없었다. 돌아가시고 난 후에야 산소에 꽃을 전하는 철이 늦게 든 미련한 아들이다.

나의 형제자매는 4살 위 형님과 3살 아래 여동생으로 2남 1녀다. 사실 형과 나 사이에 누나가 있었지만 태어나 얼마 살지 못하고 병으로 죽고 그 이듬해에 내가 태어났다고 한다. 나는 지금도 나에게 누나가 있으면 좋았겠다는 생각을 가끔 해 본다.

2장

눈물 많고 소심한 아이

끄집어내기에, 더구나 글로 쓰기에 쉽지 않은 기억에 손을 더듬어 본다.

어린 시절 난 여전히 어머니 품에 안겨 울고 있다.

어릴 때 나는 정말 눈물이 많았던 아이였다. 태어나면서도 그렇게 많이 울더니 항상 칭얼거리며 어머니 뒤를 졸졸 따라다녔다고 한다. 마음 또한 여려서 슬픈 이야기를 듣거나, 누가 조금만 큰소리를 쳐도 먼저 울기부터 했으니 아버지는 어머니에게 웬만한 일이 있어도 수용이는 혼내지 말고 그냥 조용히 타이르도록 부탁하셨을 정도였다. 지금도 기억나는 것은 초등학교 저학년 때까지 집 안에서의 나의 별명은 '짬보'였다.

그렇게 짬보는 커 가면서 동네 친구들과 조금씩 어울릴 때쯤 친구들에게 이상한 말을 듣기 시작했다. 나에게 '사팔뜨기'라고 놀리는 것이다. 놀림을 받을 그 당시에는 그 말이 무슨 말인 줄 몰랐다. 친구들이 왜 나를 놀리는지, 사팔뜨기가 무슨 말인지를 몰랐다.

집에 와서 아무리 거울을 봐도 나에게 무엇이 문제인지 알 수가 없었다. 막연하게 내가 다른 친구들과 좀 다르다는 정도만 알고 무시하며 지냈다. 어쨌든 나는 따돌림을 당하지 않게 넉넉하게 그들에게 베풀어 주었고 친구들은 다행히 그런 나를 따돌리지 않고 같이 잘 놀아 주었다.

그러나 점점 성장하면서 사팔뜨기가 무슨 말인지, 거울 속에 비친 내 모습이 어떻게 다른지를 확실히 알게 되었다. 안 그래도 소심했던 아이는 점점 더 내성적으로 변했고 자존감이 바닥을 치는 아이로 변해 갔다.

하루는 동네에서 친구들과 놀다가 평상시 친했던 친구와 싸우게 되었다. 서로 뒤엉켜 싸우던 중 그 친구가 대뜸 '사팔뜨기 새끼'라고 놀리며 엄마 욕까지(그때는 싸우다 이유 없이 할 말 없으면 엄마 욕을 많이 했음) 하는 것이었다.

그 말을 듣고 분하고 분했지만, 힘이 없고 자존감이 바닥이었던 나로서는 아무것도, 어떤 것도 할 수 없다는 것이 더 속상하고 분했다. 정말 슬펐다. 친하다고 생각했던 친구에게 그런 잔인한 놀림을 받고 보니 정말 마음이 많이 아팠다. 울먹거리며 집에 오니 어머니가 "왜 울어? 아이고~! 이 옷 꼬락서니 좀 봐라!" 하고 흙투성이가 된 내 옷을 손으로 터시며 물으셨다. "누구랑 싸웠니?" "엄마는 왜 나를 눈 병신으로 낳았어! 그냥 남들처럼 좀 낳지! 그렇게 낳지 못할 거면 아예 낳지를 말든지!" 어머니는 순간 아무 말을 못 하시고 나를 조용히 안으셨다.

"미안하다. 엄마가 미안하다. 너를 이렇게 낳아서 엄마가 정말 미안하다. 이게 다 엄마 죄다." 그때 어머니랑 부둥켜안고 정말 많이 울었다.

지금도 어머니를 생각하면 가장 먼저 떠오르는 장면이고 가장 마음 아프고 죄송스러운 순간이다.

어머니는 자식의 눈이 그렇게 된 것을 온전히 당신의 잘못으로 생각하셨다. 자식에 대한 사랑이 특별하셨던 어머니는 자신의 잘못으로 아들이 평생 고통을 겪고 살아야 한다는 죄책감에서 벗어나지 못하셨다.

어머니는 아들의 눈을 고치기 위해서 안 해 본 것이 없었다. 두 번의 수술과 침, 뜸, 한약, 양약, 용하다는 곳이면 어디든 달려가셨고 심지어는 내가 어렸을 때 굿까지도 한 기억이 어렴풋이 남아 있다.

그 후 누가 나를 쳐다보면 나의 눈만 쳐다보는 것 같고 속으로 나를 놀리며 비웃는 것 같아 혼자 지내는 걸 좋아했다. 공부도 고만고만하게 하면서 큰 존재감 없이 그렇게 조용히 지냈다.

그러나 지금 와서 초등학교 시절을 회상해 보면 찐하게 좋았던 추억들이 조각조각 남아 있는 것을 보면 나의 옆에도 나름 좋은 친구가 많이 있었다. 특히 얼마 전 나이 들어서 만났던 친구가 그랬던 것 같다.

이 친구는 현재 공직에서 은퇴하고 한 연구소에 북한 전문 교수로 있는 친구인데 공부도 잘했고 리더십도 뛰어나 전교어린이학생회장까지 한 친구인데 소심한 나에게 잘 대해 주어 아주 친했던 친구였다. 나름 전교어린이학생회장으로 잘나가고 공부도 잘하는 친구였는데 나에게 친한 친구가 되어 주니 정말 고마웠다.

3장

수술 또 수술 그리고 또…

나의 눈에 대해서 잠시 말한다면 왼쪽 눈은 정상이나 오른쪽 눈은 선천적으로 안구의 근육과 신경에 이상이 생겨 사물의 형체만 어렴풋이 구분할 정도로 시력이 거의 안 나오며 검은 수정체는 오른쪽 위쪽으로 올라간 상태라 상대방이 나를 바라보면 두 눈의 수정체가 바라보는 방향이 서로 달라 보인다.

이런 눈을 고치기 위해 중학교 진학을 앞두고 초등학교 6학년 겨울 방학 때 대전에서 유명하다는 안과 병원에서 첫 번째 눈 수술을 했다. 눈 수술은 부분 마취를 하고 눈을 뜬 상태에서 눈을 향하여 칼이나 가위가 들어와 수술하기 때문에 초등학교 6학년의 어린아이로서는 감당하기 힘든 수술이었지만 오로지 눈 병신이라는 놀림에서 벗어나고 싶다는 욕망에 이를 악물고 참고 또 참으며 수술을 견뎌 냈다. 수술 후 며칠이 지나 안대를 벗어 본 그날의 기억이 아직 생생하다. 이제 사팔뜨기라는 놀림을 안 받을 수 있으리라는 기대를 가지고 안대를 풀어 거울을 보는 순간, '어! 똑같은데, 수술이 잘못되었구나. 수술이 실패했구나.' 하는 생각이 들었다.

수술 후 거울에 비친 나의 모습은 여전히 옛날과 똑같은 모습에 수술로 인해 퉁퉁 붓고 붉게 핏발까지 서서 엉망이었다.

남들처럼 평범하게 되기만을 간절히 기대했는데 끔찍해진 나의 모습에 통증이 심하고 회복을 위해 눈물을 흘리면 안 되는 상황임에도 멈출 수 없는 눈물을 흘리며 절망스러워했던 쓰라린 기억이 있다.

고등학교 진학 전 중3 겨울 방학 때 서울에서 실시한 2번째 수술 역시 실패했다. 두 번째 수술 실패 후 이제 한국에서는 그 누구도 나의 눈은 고칠 수가 없다는 확신을 갖게 되었다.

뒷부분에서 자세히 밝히겠지만 이후 나는 또 한 번의 수술을 더 하게 되는데 그때는 결혼 후 인생에서 마지막으로 수술을 한 번 더 해 보자는 아내의 간곡한 권유로 한국 귀국 전 1992년 봄 독일 하이델베르크 대학병원에서 수술을 했다.

이미 두 번 실패의 경험이 있었던 터라 이 수술 역시 큰 기대를 하지 않았었다. 그러나 세 번째 독일 하이델베르크 대학병원에서의 수술은 절반의 성공적인 수술이었다. 나의 오른쪽 눈동자가 완전하지는 않지만, 옛날과 비교해 많이 정상적으로 돌아와 있었다.

이런 이유로 귀국 후 나의 어머니는 며느리인 나의 아내에게 정말 고마워하셨다. 마지막으로 내 눈을 수술한 독일 하이델베르크

대학병원 의사 선생님 말에 의하면 안구를 좌우상하 움직이는 신경과 근육이 있는데 나의 경우 안구를 좌측과 아래쪽으로 움직일 수 있는 신경과 근육이 선천적으로 없으며, 위쪽으로 당기는 근육이 솜뭉치처럼 뭉쳐 있어서 눈동자가 정상 기능을 할 수 없었다고 설명해 주셨다. 미용적인 차원의 2차 수술은 할 수가 있지만, 자칫 잘못하면 눈동자에 혈액 공급 문제가 생겨 눈동자가 괴사할 수도 있으니 권하고 싶지 않다고 하셨고 나는 내 인생에서 눈에 대한 수술은 두 번 다시 생각하지 않기로 했다.

사람이 서로 대화할 때 서양 사람들은 주로 상대방의 입을 보며 대화하는 반면 동양 사람들은 상대방의 눈을 보며 대화를 한다고 한다.

그래서 동양 사람들은 대화할 때 선글라스를 끼고 대화하면 상대방의 눈을 볼 수가 없어 답답함을 느끼거나 건방지다고 생각하는 반면 서양 사람들은 마스크를 쓰고 대화하면 답답함을 느낀다고 한다.

예를 들면 우리는 선글라스를 끼고 장례식장에 가는 것을 상상할 수 없지만, 서양 사람들은 장례식장에서 선글라스를 쓴 모습을 종종 볼 수가 있다.

나는 동양 사람이지만 아직도 사람의 눈을 마주 보고 대화하는 것이 거북하다.

누가 나의 눈을 똑바로 바라보면 이 사람이 분명 나의 눈을 보며 어떤 생각을 하고 있으리라고 미리 짐작하여 내가 먼저 시선을 피하곤 한다.

이만큼 나이가 들었음에도 익숙해지지 않고, 여전히 나의 모습임에도 내가 적응되지 않고 피하게 되는 부분이다.

나는 무대에 서야 하는 연주자였다.

모든 사람의 시선이 내게로 집중되고 그 가운데 노래를 해야 하는 성악가로, 교육가로 삶을 살면서 해결하지 못했던 이 부분은 내가 나에게 더 깊이 다가가서 나를 있는 그대로 인정하고, 상처받은 부분을 다독이고 품어야 할 부분으로 남아 있다.

4장

순수 시대

중학교에 진학해서도 큰 변화가 없는 일상이 이어졌다. 다만 남녀 공학인 초등학교와 달리 남자 중학교라서 그런지 좀 편했고 나의 몇 안 되는 인생의 친구를 이 시기에 많이 만났다.

중학교 1학년에 입학하고 학교에서 반 편성을 위한 배치고사를 봤는데 공부를 크게 잘하는 편도 아니었지만 못하는 편이 아니었던지라 한 반을 뽑는 특수반에는 충분히 들어갈 수 있으리라 기대했다. 첫 시간 시험을 무사히 마치고 두 번째 시간 시험이 수학과 사회를 한 시간에 같이 보는 테스트였다.

나는 여기서 그동안 나도 몰랐던 나의 성격이 드러날 줄은 미처 몰랐다.

제한된 시간에 수학과 사회 문제를 풀려면 모르는 문제는 빨리 넘어가고 확실히 아는 문제를 먼저 풀고 난 후 남은 시간에 어려운 문제를 푸는 것이 현명할진대 엉뚱하게도 똥고집 내지는 묘한 편집증 증세를 보였다.

1번부터 차례대로 수학 문제를 먼저 풀다 막히는 몇몇 문제를 잡고 씨름하다 보니 어느새 선생님이 "시험 종료 5분 전!"이라고 외치시는 게 아닌가! 아직 사회 문제는 건드리지도 못했는데….

그제야 큰일 났다 싶어 남은 수학 문제와 사회 문제를 아무 번호나 마구잡이로 찍었다. 그 결과 예상대로 특수반 탈락, 보통반 배정이었다.

소심했던 아이에게서도 우둔할 정도의 묘한 똥고집이 있었던 모양이다. 지금도 어떤 일이 있으면 안 하면 안 했지, 일단 손을 댔다 하면 밤을 새워서라도 마치고 자야지, 그 전에 자는 일은 별로 없다.

어머니가 들려주신 3형제 이야기를 생각해 보면 나의 이런 성향은 어렸을 때부터 어느 정도 잠재해 있었던 것 같다. 어머니가 들려주셨던 이야기로는 어렸을 때 형과 나 그리고 여동생의 성격은 확연히 차이가 났다고 한다.

단적인 예로 어머니는 자식을 심하게 혼내실 때는 항상 회초리나 빗자루를 들고 혼을 내셨다. 이때 형은 어머니가 회초리를 들기가 무섭게 바로 회초리를 든 엄마의 손을 꽉 잡으며 "엄마, 왜 이러세요. 화 푸세요. 내가 잘못했어요! 잘못했다니까요!"라며 버티고 저항했고 어머님은 못 이기는 척 그냥 봐주고 넘어가셨다고 한다.

여동생의 경우에는 어머니가 회초리를 들자마자 울면서 삼십육

계 줄행랑을 쳐서 어머니가 찾을 때까지 집에 들어오지 않으면서 그 위기를 모면했다고 한다. 반면 나는 잘못했다고 빌지도 않고 도 망가지도 않으면서 어머니 앞에 꼼짝도 하지 않고 앉아서 때리면 때리는 대로 맞고 울면서 끝까지 고집을 부려 조금만 맞고 끝낼 일 을 그 고집 때문에 더 많이 맞았다고 하셨다. 그때 어머니는 내가 속은 여리지만, 미련할 정도로 고집이 세고 자존심이 센 아이라는 걸 아셨다고 했다.

지금 나의 기억에 어렴풋이 남아 있는 것은 그때 어머니에게서 도망하지 않은 것은 첫째 자존심이 허락하지 않았고 그다음은 내 가 뭘 잘못해서 맞아야 하는지 납득이 안 되는 상황에서는 용서를 구하고 싶지 않았다.

이러한 성격은 성인이 되면서 점점 더 드러나 내게 잘못이 없다 고 판단되면 나에게 피해가 오는 것을 뻔히 알면서도 타협하지 않 고 고집을 부려 손해를 보거나 낭패를 보는 경우가 많았다. 사실 지금도 그런 모습은 여전하다.

사람은 잘 안 변한다고들 하지 않던가?

어쨌든 보통반에서 중학교 1학년 시절을 보내고 중학교 2학년 때는 특수반에 들어갈 수가 있었다. 이 중학교 2학년 때 나의 인생 의 친구들을 여러 명 만나게 되는데 그중 한 명은 지금 여동생의 남편, 즉 나의 매제가 되어 있다.

매제에 대한 추억은 아주 많은데 결정적인 것은 중학교 3학년 때

학교에 덩치가 크고 힘은 세지만, 지능이 조금 떨어지는 친구가 있었는데 그 친구와 시비가 붙어 말다툼을 하게 되었는데 이 친구가 갑자기 나를 강하게 밀치며 "눈 병신 새끼!"라고 놀렸다.

힘에 밀려 넘어진 나는 초등학교 졸업 후 갑자기 다시 듣는 마음 아픈 소리인지라 아무 저항을 하지 못하고 멍하게 있었는데, 갑자기 이 친구가 광분하며 달려와 그 친구를 발로 차고 주먹으로 때리는 것이었다. 그 친구가 나에게 욕하는 것을 지나가다가 들었던 모양이다. 고마웠다. 참으로 힘이 되고 든든했다.

이 친구는 나와 같이 김천고등학교에 진학했고 해양대학교를 나와서 원양어선을 타다가 나도 모르는 사이 내 여동생과 사귀면서 결혼하여 지금 나의 매제로, 친구이면서 가족으로 잘 지내고 있다.

중학교 때부터 이 친구가 우리 집에 자주 놀러 왔는데 여동생이 그때부터 친구를 좋아했었던 모양이다. 지금도 여동생 집에 갈 때면 여동생 집에 가는지 친구 집에 가는지 헷갈릴 때가 있다.

5장

한산도
(섬에 대한 트라우마)

한산도라 불리던 중학교 시절(여전히 소심한 아이였다.)

중학교 시절을 회상하면 수학여행을 배놓을 수가 없는데 중학교
2학년 때 한동안 학교에서 나의 별명이 '한산도'였는데 그 이유가

바로 수학여행 때의 사건 때문이었다.

　기대와 들뜬 마음을 안고 남해로 떠난 수학여행은 정말 즐거웠고 재미있었다.

　일정에 따라 마산 숙소에서 짐을 풀고 배를 타고 한산도를 방문하게 되었는데 숙소인 여관에 들어가면서 여관 전화번호가 특이해서 한번 눈여겨보고 숙소에 여장을 푼 후 바로 한산도로 떠나는 배에 몸을 실었다.

　급한 성격에 먼저 배를 타니 선생님이 안전하게 선실 안쪽으로 들어가라 하여 아무런 생각 없이 선실 안에 들어가 창 너머 보이는 바다 구경을 하고 있었다.

　어느 정도 시간이 지나 갑자기 담임 선생님이 오시더니 "수용아! 이 가방 중요하니 잘 챙기고 있어라." 하시며 가방 하나를 나에게 맡기셨다. 나는 아무 생각 없이 받은 가방을 조심스럽게 발밑에 두고 계속 창 너머 뱃머리 앞으로 보이는 바다 풍경을 감상하고 있었다. 그런데 몇몇 친구가 답답했는지 한두 명씩 선실 밖으로 빠져나와 뱃머리에 앉아 나의 시선을 가리고 바람을 맞으며 스릴을 만끽하는 것이었다.

　나의 시야가 가려지니 답답하기도 했고 나도 뱃머리에 앉아 시원한 바람을 맞고 싶기도 하여 앞 창문을 열고 나가서 뱃머리에 앉았다. 얼굴을 스쳐 지나가는 시원한 바람과 뱃머리에 부딪히며 산산이 부서지는 하얀 파도를 만끽하며 한산도에 도착했다. 급한 성격에 당연히 제일 먼저 배에서 뛰어내렸다. 인원 점검을 하기 위해 다들 모였을 때 갑자기 담임 선생님이 나를 찾는 것이다.

"서수용, 아까 내가 맡긴 가방 가지고 오너라." 순간 멘붕이 왔다. 아차~! 그제야 선실 안에 가방을 그대로 두고 그냥 내렸다는 사실을 깨달았다. 선생님께 사실을 말씀드리는 순간 선생님 얼굴이 하얗게 질리시는 것을 보았다.

나중에 안 사실이지만 그도 그럴 것이 그 가방 안에는 중요한 서류와 여행 경비가 다 들어 있었다고 했다. 그렇게 중요한 가방을 왜 학생에게 맡기셨는지….

이후에 선생님은 그래도 그중에 네가 조용하면서도 똑똑하다고 생각되어서 믿고 맡기셨다고 하셨다(나를 몰라도 너무 모르셨던 거다).

당황한 선생님은 "빨리 가서 가방 찾아와!"라며 소리치셨고 나는 출항을 위해 건너편 항구로 이미 떠난 배를 향해 달려가기 시작했다.

지금은 어떻게 변했는지 모르겠지만 그 당시 한산도 항구는 'U' 자형의 항구로 육지에서 들어온 배는 승객을 하선시킨 후 건너편 항구로 건너가서 대기하다가 섬을 구경하고 다시 육지로 나가려는 승객들을 다시 태워 출항하는 구조였기에 배를 다시 타려면 산을 돌아 맞은편 항구로 가야 했다. 평상시 지리 감각이 있다고 생각했기에 방향만 확인하고 바로 건너편 항구로 향해 무작정 뛰기 시작했다. 그런데 이상하게도 아무리 뛰어도 항구는커녕 바다가 보이질 않는 것이다. 온통 산뿐이었다.

사람이 길을 잃었다고 판단되면 왔던 길을 다시 돌아가는 지혜도 필요하건만 이놈의 똥고집과 직진 본능은 왔던 길을 다시 돌아가기를 허락하지 않고 계속 직진하며 산을 넘고 또 넘었다. 한참 후 '내가 길을 잃었구나! 이제는 다시 항구로 돌아가기는 틀렸다!'라는 생각이 들었다. 이제 남은 건 선생님이나 친구들이 나를 찾든지 아니면 내가 민가를 찾아 도움을 구하는 수밖에 없다고 판단하고 일단 바닷가나 민가를 찾아가기로 했다. 저 멀리서 파도 소리가 들려 저 산만 넘으면 바다가 나오리라 생각했는데 그 산을 넘으면 산이요, 또 산이었다. 나는 한산도가 그렇게 큰 줄 몰랐다.

　산을 넘고 또 넘고 보니 어느덧 해가 기울고 어둠이 찾아오기 시작했다. 시작이 있으면 끝이 있을 터 결국 해안가에 도착했다.

　불빛 하나 없이 깜깜한 해안 자갈밭을 천천히 걷고 있는데 저 멀리 해안선 따라 희미한 불빛이 보여 그 불빛을 향해 사력을 다해 달리기 시작했다. 도착해 보니 그곳은 해양 경비대 초소였다. '이제 살았다.'라는 생각이 들었다. 초소로 들어가 해양 경찰들에게 자초지종을 이야기하니 경찰관들은 웃으며 걱정하지 말라는 말과 함께 물을 건네주었다. 따뜻했다.

　"너희 학교가 머무는 장소가 어디니?" "음~ 〈마산여관〉인가? 이름은 잘 생각 안 나는데 전화번호는 압니다." "그래! 그럼 그 전화번호 말해 봐." 다행히 출발하기 전에 기억했던 여관 전화번호를 알려 주었다. 얼마 후 경찰관은 담임 선생님과 연락이 되었고 조금만 기다리면 선생님이 곧 오실 거라고 말해 주었다.

정말 고맙고, 이제 학교로 돌아갈 수 있다는 생각에 감사 인사를 드리는 순간 긴장이 확 풀려 그 자리에 털썩 주저앉았다. 후에 한동안 그 해양 경비대 초소의 군인 아저씨들에게 감사의 위문편지와 소포를 보냈던 기억이 있다.

한 시간쯤 지나 담임 선생님이 캄캄한 밤에 배를 전세를 내어 해양 경비대 초소로 도착하셨는데 나를 본 담임 선생님 표정을 지금도 잊지 못한다.

물에 빠져 죽었다고 생각한 녀석을 다시 만나는 반가움과 안도감….

그리고 이 야밤까지 생고생시킨 꼴도 보기 싫은 녀석을 대해야만 하는 그 표정….

지금 생각해도 죄송한 마음뿐이다.

"죄송합니다. 선생님!" 지금도 가끔 안부 전화를 드린다.

시간이 지나 반장에게 들어 알게 된 사실은 내가 가방을 찾으러 떠난 후 바로 다음 배가 들어와서 선생님이 반장을 시켜 그 배를 타고 건너편 항구로 가서 그 가방을 찾게 했고, 그 이후 선생님은 당연히 내가 다른 친구들과 합류해 놀고 있으리라 생각하셨고 미리 계획된 한산도 관광 일정을 정상적으로 마치셨다고 한다. 한산도에서 육지로 떠날 때 인원 체크를 하는데 내가 없었음에도 반장이 실수하여 모두가 있다고 보고했고, 친했던 친구들은 내가 보이지 않아 한두 번 찾다가 다른 친구들과 잘 놀고 있으리라 생각했다고 했다. 일이 꼬이려니 별일이 다 일어났다. 그래도 섭섭했다.

'나쁜 자식들, 친구가 그렇게 오래 안 보였는데도 찾지 않았다니….'

이 이야기는 지금도 나의 매제를 놀릴 때 공격하는 무기가 되곤한다. 더 큰 문제는 육지에 도착해서 반장의 총명함이 돌아왔는지 인원수를 세어 보니 한 명이 없는 것을 발견한 것이다. 당황한 담임 선생님이 다시 조사해 보니 바로 나 서수용이 없는 것이다. 배를 탈 때는 분명히 인원수가 맞았는데 도착해서 보니 한 명이 없어졌으니 수용이는 분명 배를 타고 오는 과정에서 바다에 빠진 것이 분명하다고 판단하셨다.

교사로서의 삶을 경험한 지금 그때의 담임 선생님의 심정을 헤아려 보면 정말 아찔한 순간이다. 교사로서 모든 인생이 끝날 수 있는 큰 사건이다.

수학여행을 데리고 간 자기 반 학생이 바다에 빠져 익사했다면, 교사로서 지금도 상상하기 싫은 대형 사고임이 분명하니 그 당시 담임 선생님의 심정이 어떠했을지 짐작이 간다. 그 이후로 나는 학교에서 한동안 '한산도'로 불렸다. 여행을 좋아하지만, 그 이후로 한산도를 아직도 한 번도 가 본 적이 없다. 지금도 섬에 가면 왠지 답답함을 느낄 때가 있어서 여행을 가도 가능한 한 섬으로는 가지 않는다. 섬에 대한 나의 트라우마는 생각보다 오래갈 것 같다.

2막

아지타토 칸타빌레
(격렬하게 노래하듯이)

1장

성악, 운명을 바꾸다

1975년 그 당시 김천에서 교육을 받은 학생이라면 거의 모든 중학생이 진학하기를 희망하는 학교가 김천고등학교였는데 나 역시 그 학교에 진학하기 위해 무진장 노력했다.

당시 김천고는 경북 지역의 최고 명문고 중 하나로 알려져 지역의 많은 부모님과 학생이 희망하는 최고의 학교로 경쟁률 또한 치열했고 그만큼 들어가기가 어려웠다. 김천, 구미, 상주, 문경, 점촌, 영동, 왜관 등 경북 북서부 지역의 공부 잘하고 똑똑하다는 친구들은 거의 다 모였으니 그럴 만도 했다. 진학 스트레스 때문에 중학교 3학년 때는 전쟁이 나서 김천고등학교가 아예 없어졌으면 좋겠다는 생각을 한 적이 있을 정도였다.

어쨌든 고군분투 끝에 1976년 김천고등학교에 당당하게 합격했고 고등학교에 입학해서도 나는 여느 때와 같이 소심하면서도 평범한 고등학교 생활을 했다.

　인상적이었던 것은 김천고등학교 선배나 동기들은 정말 중학교 때와는 달리 인간적이었고 신사적이었다. 선배가 후배를 대할 때 무례하지도 않았고 항상 인격적으로 대해 주었으며 심지어 후배들에게 존댓말을 하는 선배도 있었다.

　동기들 간의 사이도 말할 것 없이 아주 좋았다.

　나는 고등학교 3년 동안 소위 말하는 학폭이나 왕따를 한 번도 경험해 보지 않았다. 김천고등학교에서의 3년은 입시 스트레스 말고는 나에게는 정말 아름다운 추억으로 남아 있다.

　성인이 된 지금도 가끔 사회에서 고등학교 선배님들을 만나면 다른 선배님들과 확실히 다르다. 인격적이고 신사적이다. 나는 그런 선배들에게서 명문고의 품격을 느낀다.

　교편을 잡고 있는 친구가 말했다. 현대에서 명문고의 판단 기준은 어느 학교가 명문대학에 많은 학생을 진학시켰는지로 판단하지 말고 역대 졸업생 중 어느 학교가 전과자가 가장 적은지로 판단해야 한다고. 나는 이 말에 전적으로 동의한다. 조사를 안 해 보아서 잘은 모르겠지만 나는 이런 면에서도 김천고는 명문고라는 것을 확신한다.

　그렇게 고등학교 생활을 이어 가던 어느 봄날 음악 시간에 금수현의 가곡 〈그네〉로 수행 평가를 하게 되었다. 나의 순서가 되어 떨리는 마음을 다잡고 친구들 몇 명과 함께 일렬로 서서 노래를 부르는데 피아노 반주를 하시던 선생님이 자꾸 나를 힐긋힐긋 쳐다보는 것이다. 살짝 불편한 시선을 느끼며 노래를 끝까지 불렀는데 노래가 끝난 후 나를 지목하시며, "너 이름이 뭐야? 이 시간 마치고 좀 남아!" 하셨다. 바로 우리나라 가곡 작곡자로 유명하신 이안삼 선생님이시다. 성격이 워낙 호랑이 같은 분이라는 걸 익히 아는 터라 거역할 엄두조차 못 내고 수업을 마치고 혼자 음악실에 남았다.

"너 성악 해 볼 생각 없니?
너는 아주 좋은 목소리를 타고난 것 같으니 성악 한번 해 봐라!"
나의 운명이 바뀌는 순간이었다.

나는 음악의 '음' 자도 모르는 문외한이지만 순간 평생 노래만 하고 살 수 있는 인생이라면 그것도 괜찮겠다는 생각이 들었다. 사실 그동안 나는 그림 그리는 걸 좋아해서 초등학교 때부터 쭉 미술부를 해 왔고 집안은 거의 공대 쪽 분위기라 막연하게 미대가 아니면 나의 형님처럼 공대 건축과에 가리라고 막연히 생각하고 있었다. 또 당시 나는 미술부로 활동하면서도 그림 실력이 늘지 않아 나름 스트레스를 받고 있었던 터라 마음이 쉽게 움직였던 것 같다.

"사내자식이 무슨 딴따라냐!"라며 반대하시는 아버지를 단식 투쟁 끝에 어렵게 설득하고 허락을 받아 성악 공부를 시작하게 되었다.

성악을 허락하시면서 아버지가 하신 말씀은 지금까지도 귓가에 쟁쟁하다.

"하려면 후회 없도록 제대로 해라. 아버지가 끝까지 밀어주마."

실제로 아버지는 말씀이 끝나기가 무섭게 당시에는 고가였던 피아노를 바로 사 주시면서 도와주셨다.

미술부를 피하고자 가볍게 생각하고 시작한 성악 공부는 곧바로 후회로 돌아왔다. 아니다 싶으면 돌아가도 되련만 자존심이 허락하지 않았고 또 그만두기에는 이안삼 선생님이 너무 무서워 그만둘 수가 없었다.

이안삼 선생님이 얼마나 무서운 분이셨는가 하면 김천고 학생들에게는 저승사자와 같은 분이셨다. 그 당시 나라 교육 정책에 의해 고등학교마다 교련 수업과 악대부가 있었는데 김천고등학교 역시 악대부를 운영하고 있었다. 악대부로도 꽤 유명한 학교였다.

김천고등학교는 인문계 학교인지라 입학한 친구들은 모두가 열심히 공부하여 좋은 대학에 진학하는 게 일차 목표인데 누가 악대부를 하려고 하겠는가?

이안삼 선생님께서는 입학식이 끝난 후 신입생들의 첫 음악 시간에 항상 메모지 하나를 들고 학급 분단 사이를 돌며 학생들의 입술과 체형 등을 하나하나 꼼꼼히 살피시고는 "너 이름이 뭐야?" 하고 물으셨다. 그리고 메모장에 이름이 적히는 순간이 바로 자신의 의사와는 전혀 상관없이 바로 악대부에 간택되는 순간이요, 자신의 인생이 바뀌는 순간이었다.

이안삼 선생님에게 이름이 불리는 순간 "in 서울은 끝이다."라는 말이 있을 정도였다. 물론 좀 과장된 면도 있었지만, 그 당시 김천고등학교 학생들에게 공공연하게 회자되는 말이었다.

선생님의 간택에 한마디로 반항하거나 악대부에 들어가기를 거부하면 바로 따귀가 번쩍하고 날벼락을 치니 두려워서 아무도 반항할 수도, 거부할 수도 없었다. 혹 부모님을 동원하여 교장 선생님께 청탁을 넣어도 돌아오는 말은 "악대부를 하기 싫으면 전학 가라."라는 말이었으니 참으로 답답한 노릇이었다.

지금으로서는 도저히 상상할 수 없는 일들이지만 그 당시 사회 분위기는 이것이 가능한 시대였고 그만큼 이안삼 선생님의 김천고 등학교에서의 존재감도 대단했다.

다른 면으로 생각해 보면 그 당시 인문계 학교에서 악대부를 유지하려면 곱게 대해서(?) 누가 악대부를 지원하며 어떻게 악대부를 유지해 나가겠는가?

그때 선생님의 심정이 십분 이해되기도 하지만 어쨌든 그 당시 학생들에게는 공포의 저승사자셨다.

한편 이안삼 선생님은 고등학교 교사로 계시기에는 아까울 정도의 탁월한 실력을 갖추고 계셨다. 뛰어난 작곡 실력에 절대 음감을 가지셨고 트럼펫도 잘 부셨다. 지휘와 성악 등 거의 음악의 모든 분야에 일가견이 있으셨던 분이었다.

그래서 많은 학생이 선생님을 무서워하고 뒤에서는 투덜거리면서도 선생님의 음악적 실력 면에서는 모두가 인정하고 존경했다.

이런 실력에 성격이 급하시고 다혈질이신 선생님이 목소리만 좋고 음치와 박치에 음악에 전혀 문외한인 나를 가르치려니 얼마나 답답하셨겠는가?

정말 스파르타식 수업을 이어 갔다. 선생님의 레슨실 문을 열고 들어가는데 지옥의 문을 열고 들어가는 기분이 들 정도였으니.

다행히 절대 음치는 아니었던 터라 음치 문제는 금방 고쳐졌지만, 박치는 정말 아무리 노력해도 극복이 잘 안되었다. 특히 당김음 처리는 나에게 너무 어려웠다. 당김음이 많이 나오는 〈콘코네 15번〉을 배우면서 얼마나 많이 혼났던지.

지성이면 감천이라고 정말 안 맞으려고 죽어라 하고 노력하다 보니 레슨을 시작한 지 일 년 반 정도 지난 어느 날! 비가 오는 여름날이었다. 거짓말처럼 박자가 귀에 들어오기 시작했다.

그날도 레슨을 가기 위해 열심히 연습하고 있었는데,

똑, 똑, 똑⋯. 처마 끝에서 시멘트 바닥으로 일정하게 떨어지는 빗방울 소리가 갑자기 다르게 들리기 시작했다.

이윽고 그 빗방울 소리는 똑딱이는 메트로놈(음악의 빠르기를 나타내는 기계)의 소리로 변했고 점점 선명하면서도 크게 들리기 시작했다. 나는 나도 모르게 그 빗방울 소리에 맞추어 노래를 부르기 시작했다. 음악을 하는 사람에게 박자감이 정말로 중요한데 박자에 대한 한계를 넘어서는 순간이었다.

바로 바보가 '도'가 통하는 순간이었다.

어떤 분야나 마찬가지겠지만 타고난 천재를 제외하고 보통 사람들의 인생에서 전문 분야, 특히 예술 분야에 있어서 이런 순간이 꼭 있어야 한다고 생각한다.

소위 말해서 그 분야에 '도'가 통해야 한다. 즉, '도'가 통할 때까지 노력하는 자만이 성공할 수 있다. 그 이후에 최소한 시창으로 인해 선생님께 혼이 난 적은 없었다.

이후 음악 활동을 하면서 어디서든지 악보를 못 읽는다는 소리를 들은 적이 없었다. 오히려 오페라를 하거나 합창단 지휘를 하면서 남들보다 빨리 악보를 읽을 수 있게 되었다.

성악은 나도 남보다 잘할 수 있는 부분이 있다는 것을 깨우쳐 주었고 그것은 소심했던 나에게 어느 정도 자신감을 심어 주었다. 특히 결정적인 일이 있었다. 콩쿠르를 얼마 앞두고 학교 행사로 2학년 학생 전체가 모인 학교 유도관에서 선생님이 갑자기 나에게 노래를 부르라고 하셨다. 어쩔 수 없이 조두남의 〈선구자〉와 이탈리아 가곡 〈Caro Mio Ben(오 내 사랑)〉을 불렀는데 공부만 하던 친구들이라 라디오나 TV에서만 듣던 가곡을 성악적인 목소리로, 그것도 라이브로 직접 듣고는 정말 놀라워하며 좋아해 주었다. 존재감 전혀 없던 아이가 특별한 존재감을 드러내는 순간이었다. 지금도 오랜만에 만나는 고등학교 친구들은 어김없이 그날의 내 모습을 이야기하며 함께 좋은 추억을 나누곤 한다.

그날부터는 나는 졸지에 김천고등학교에서 유명 인사가 되었고 김천시 학생 행사에는 어김없이 불려 가 노래를 했다. 김천고등학교를 넘어서 차츰 다른 학교, 특히 여학교에 많이 알려지게 되면서 여학생들 사이에서 나도 모르는 사이 유명 인사가 되어 있었다. 우쭐해졌다.

거의 매일 일어나는 유신 체제 반대 운동과 연일 발표되는 긴급 조치 등 사회적 혼란의 시기, 그 시대 가운데 사는 내 인생도 시대적 상황만큼이나 상상할 수 없는 큰 변화의 물줄기를 타고 있었다.

인생은 속도가 아닌 방향이란 말을 그 순간 온몸으로 경험했다. 이과 공부를 통해 건축과나 공대에 가는 일이 눈앞에 뻔히 보였던 현실에서 예술이라는 특히 성악이라는 단어는 내 인생에도 우리 가족 모두에게도 너무나 생소하고 관계가 없는 말이었는데 한순간의 계기로 예술의 한가운데를 향하여 나도 모르는 힘에 의해 빠른 속도로 빨려 들어가고 있었다.

이렇게 시작된 성악은 나의 많은 것을 바꾸어 놓았다. 진로가 바꿔고부터 수업도 빠지고 레슨과 콩쿠르를 다니다 보니 당연히 공부에 대해 점점 소홀해지기 시작했고 인문계 학교에서의 나의 성적은 계속 처지게 되었다. 늦게 시작한 성악이기에 기본기가 거의 없어 그 부족함을 채우기에도 빠듯한 시간이었는데 그 순간을 제대로 보내지 못했다. 이후 성악을 하면서 부족했던 기본기를 채워가는데, 평생이 걸려도 해결되지 않는 노력들을 지금도 하고 있다. 지내 놓고 보면 사람은 어느 순간도 대충, 되는대로 살아도 되는 순간은 없는 것 같다. 어느 순간이고 그 순간에 요구되는 현실에 자신이 할 수 있는 최선을 다해야 한다는 것을 때늦어서야 깨우치게 되었다.

성악!
무대의 치열한 긴장감과 압박감을 오롯이 견뎌야 하는!
내가 이해한 의미와 감성을,
온 마음을 다해 너의 가슴에 전해야 하는 일!
무대에 서는 횟수가 늘어날수록,
소리를 뱉는 시간들이 늘어날수록,
위축되었던 내 속의 자아가 자라나고,
소심했던 내 속의 내가 단단해지기 시작했다.

타고난 기질과 성품이 완전히 바뀌지는 않았지만, 성악을 통해 동굴 속에 갇혔던 내가 세상 밖으로 나오게 된 것은 분명한 사실이다.

성악을 하면서 나의 경험은 물론이고 주변의 친구, 제자들의 경우를 통해 자신 있게 말할 수 있는 것이 있다. 소심하고 사람들을 대하는 게 어려운 사람이 자신이 달라지기를 바란다면 노래를 배워 불러 보거나 노래방을 가서라도 노래 부르기를 시도해 보기 바란다. 남 앞에 서서 노래하는 일은 생각보다 많은 용기와 자신감이 필요하다. 남 앞에 서서 노래하기 전에 혼자서라도 자신의 감성에 맞는 노래를 찾아 흥얼거리는 것을 시작으로 정식으로 소리를 내서 큰 소리로 노래하는 과정에서 자신도 모르게 자신이 달라져 간다는 것을 누구나 경험하게 될 것이다.

그래서 학교 음악 시간에 가창 수업을 강조하는 이유다.

요즘 가끔 각 학교 음악 시간을 지켜보면 음악 선생님들이 자신이 성악을 전공하지 않았고 잘 모른다는 이유로 가창 수업을 등한시하는데 나는 그런 음악 수업에 불만이 많다.

어쨌든 가장 부작용이 없이, 가장 경제적인 방법으로, 가장 쉽게 찌그러진 내면의 자신을 펼 수 있는 방법이니 꼭 활용해 보길 권하고 싶다.

2장

교회의 문에 들어서다

그렇게 시작한 성악 레슨 중 선생님께서는 악보를 너무 못 보는 내가 답답하셨던지 악보 보는 공부 좀 하라고 본인도 잘 안 나가시면서 사모님이 다니시는 김천 남산교회로 나를 보내셨다. 이 일을 계기로 기독교인으로, 하나님을 믿는 신앙인으로 삶을 살게 되었다.

교회는 어릴 때 친구 따라 몇 번 가 보아서 그런지 큰 거부감이 없었지만, 교회 고등부에서의 신앙생활은 모든 게 낯설고 어색했다. 나도 모르게 젖어 있었던 불교 사상과 기독교 사상의 충돌로 심적으로는 매우 혼란스러웠다.

교회 고등부에 참석하면서 공식적으로 남녀 고등학생들이 같은 공간에서 모일 수 있는 그런 상태가 나를 묘하게 흥분시키며 긴장하게 했다. 그 당시 중·고등학교는 남녀 공학이 없었고 남자 학교와 여자 학교로 엄격하게 구분되어 있었던 때라 고등학교 때 교회에 간다고 하면 저 녀석 교회에 연애하러 간다고 모두 수군거리던 때였다.

그렇게 반강제적으로 첫발을 들여놓은 교회 생활에서 숫기가 없었던 나는 고등부 여학생들 앞에서 주눅이 들었다. 게다가 교회의 성골 출신, 즉 모태 신앙이나 장로나 권사님 아들딸들의 텃세 아닌 텃세로 교회 친구들과도 잘 어울리지 못했다.

차츰 교회에 흥미를 잃었고 교회에 가다 말기를 반복했다.

하지만 미미하게 시작되었던 나의 신앙생활은 나도 의식하지 못하는 과정을 거치면서 조금씩 젖어 들기 시작했다.

이때의 시간들은 나중에 내가 대학교 때 교회에 다시 나가게 되는 데 결정적인 단초가 되었다.

우리 집안은 모두가 불교 집안이다. 특히 집안에서 가장 영향력이 크신 둘째 큰아버지 댁은 가족 모두가 독실한 불교 신자셨다. 자수성가한 분들로 집안의 대소사를 앞장서서 챙기셨고 집안 가족들 모두는 그분들의 의사를 존중했다.

우리 부모님과 형, 동생도 큰집의 영향을 받아 불교를 믿었다. 특히 나의 형님과 사촌 형님들은 불교 학생회 간부로 앞장서서 활동할 정도로 열심이셨다.

그러나 나는 왠지 어릴 때부터 불교가 마음에 와닿지 않았다.

가족과 같이 절에 가면 절에서 나는 향이 타는 냄새나 분위기가 나에게는 맞지 않았고 어머니나 가족들이 대웅전 앞에 서서 합장하고 고개를 숙일 때면 나는 슬며시 빠져 그 자리를 피하곤 했다.

그래서 그런지 나는 학교나 어디서 호구 조사를 할 때면 종교란에 항상 무교라고 적었었다.

집안의 기제사나 명절이면 40명이 넘는 친척이 모여 제사를 지냈다. 시간이 지나 나의 신앙생활에 있어 믿음이 싹트기 시작하면서 나는 아버지에게 기독교인이라 제사 때 절하는 것을 더 이상 할 수 없다는 뜻을 말씀드렸다. 놀라신 부모님은 화를 내시다가 나를 달래기도 해 보시다가 나의 의지가 너무나 확고한 것을 확인하시고는 막내이신 아버지는 집안 어른들에게 양해를 구하셨다. 아무리 자식이라 해도 종교를 가지고 이래라저래라 할 수도 없고, 또 성악을 하는 이상 교회에 안 갈 수도 없어 교회법대로 절하지 않더라도 이해해 달라고 당부하셨다. 아버지께 둘째 큰아버지는 거의 부모에 가까울 만큼 존경하고 따르는 분이라 그런 양해를 구하는 일이 결코 쉬운 일은 아니었다. 내가 도움을 청한 적도 없는데 나를 위해 아버지께서 곤란한 일을 자청하신 덕분에 나는 집안의 크고 작은 모임에서 비록 눈총은 좀 받았지만 큰 어려움 없이 신앙생활을 할 수 있었다.

고등학교 때 반강제적으로 김천 남산교회에 첫발을 내디딘 것을 시

작으로 대구 중앙교회에서 솔리스트로 유학 가기 전까지 찬양대를 섬
겼다.

이안삼 선생님의 의도대로 고등학교 시절 성가대나 교회 예배
때 솔로를 하면서 악보 보는 독보력 향상에 많이 도움이 된 것도
사실이다.

86년 독일에서 공부가 끝나고 빌레펠트(Bielefeld) 시립오페라단
에 들어가면서 빌레펠트(Bielefeld) 한인교회를 시작으로 지금까지
찬양대 지휘자로 섬기고 있다. 하나님을 믿기 시작한 계기도, 교
회에 가게 된 계기도, 지금 생각해 봐도 모두 기적 같은 일이다. 그
기적 같은 일들이 어제에 이어 오늘도, 또 내일로 어떻게 펼쳐져
갈지 가슴 쿵쾅거리는 설렘으로 기대해 본다.

3장

만남의 기적

내 인생 전체를 바꾸어 놓은 일은 정말 의외의 작은 만남에서 시작이 되었다. 이전까지 단 한 번도 생각해 보지 않았던 성악의 길로 인생의 큰 흐름의 방향을 바꾸게 된 일은 의외의 순간에 이루어졌다. 생각지도 않았던 어느 순간, 자발적으로는 절대 가까이하지 않을 어느 한 사람에 의해, 누군가는 인생 전체의 방향이 틀어지는 일이 생긴 것이다. 음악 시간 수행 평가를 본 그날부터 내 삶은 상상조차 하지 않았던 방향으로 달라졌다.

내 인생에서 이안삼 선생님을 생각하면 참으로 많은 영향을 주신 분이다.

뒤에서 밝히겠지만 나의 아내를 소개해 주신 분도 선생님이셨고 나의 진로, 종교, 배우자를 선택하는 데 결정적 역할을 하신 분이

시니 보통 선생님과 제자 사이의 인연을 뛰어넘는 분이셨다.

하나님께서 예비하시고 작정하셨던 분이셨다. 선생님과의 만남을 주관하신 하나님께 항상 감사한다.

나는 지금도 축복 중 가장 큰 축복은 만남의 축복이라 생각한다. 사람을 만난다는 것은 지금까지 살아온 내 세상과는 또 다른 그 사람의 세상과 연결되어 상상할 수 없는 세계로 확장되고 깊어지는 경이로움이 시작되는 것이다. 시인 김남조 선생은 작은 만남이란 시에서 다음과 같이 표현하셨다.

작은 만남이여
골짜기의 물꼬를 문득 이리로 돌렸네
한 다발 열쇠 꾸러미
자물쇠마다 열어놓으니

만남은 자신이 살던 삶의 물줄기 방향이 달라지고 닫혔던 마음 구석구석의 빗장을 여는 일이라 하셨다.

한 사람을 만난다는 것은 지금까지 산 그 사람의 세상과 나의 세상이 연결되는 기적을 체험하는 일이다. 이안삼 선생님을 통해 성악, 하나님, 배우자라는 인생의 가장 큰 삶의 흐름의 줄기를 바꾸는 계기가 되었다. 내 안에 이런 재능이 있었는지 나조차 모르는 재능을 끄집어내 주셨고 그 재능으로 하나님을 찬양하게 되었으며 호중이를 만나게 되는 계기가 되었고 호중이를 통해 여러 아리스를 만나게 되었다.

퇴직 후 많은 좋은 이와 또 다른 삶의 만남을 기대한다. 시간적인 여유를 가지고 차도 마시고 영화도 보고 같이 여행도 가 보고 싶다.

다양한 분야의 다양한 사람을 만나 새로운 세상을 경험하고 나누는 시간들을 기대해 본다.

4장

방황하는 젊은 청춘

    1979년 서울에서 전기 대학 시험에 떨어지고 후기로 대구에 있는 영남대학교로 진학했다. 전기 시험에 떨어졌다는 근거 없는 얄팍한 자존심에 상당 기간 마음을 잡지 못하고 심리적인 방황을 했다.

    외적으로도 김천 고향에서 나에게 가졌던 기대와 부모님의 기대에 부응하지 못했다는 생각에 힘든 시간을 보내고 있었다.

    후기 대학이라고 만만하게 보고 있었던 전공에서도 시골 인문계 학교에서 노래만 하다 입학한 나로서는 동기들과 비교해 여러모로 어리숙했고 특히 예고를 졸업한 친구들에 비해 열등의식을 느낄 정도로 음악적으로 부족함에 시달려야 하는 힘든 시간들이었다.

    전기 대학에서 떨어져 전국에서 모인 79학번 음악과 동기 중에는 상당히 똑똑하고 실력 있는 친구들이 많았다. 타 학번과 비교해 학구적인 친구도 많았고 또 상대적으로 기독교인의 수도 많았다.

대학교 3학년 때 우리 학번이 학생회 일을 할 때는 그동안 선배들이 관례로 해 오던 돼지머리 놓고 고사 지내는 일들을 버리고 학술지를 창간하고 단과 대학 축제를 만들고 학생회 간부들이 모여 기도원에 들어가 철야 기도를 하는 등 완전히 다른 대학 문화를 만들기도 했었다.

나는 영대 음대 79학번으로서의 자부심을 가지고 있다. 지금도 음악계에 남아 활동하고 있는 친구들 보면 양적으로나 질적으로 우리 학번이 월등히 많다.

입학 후 첫 교양 수업 때 교수님이 들어오시더니 지금부터 1학년 음악과를 대표하는 과 대표를 뽑겠다고 하셨다. 다들 서로 잘 모르니 교수님이 4명을 뽑아 추천할 테니 그중에서 투표로 과 대표를 뽑으라는 것이다. 4명의 이름을 부르는데 거기에 내 이름이 있었다. 다른 3명은 모두 여학생이었고 남학생은 나 혼자라서 그런지 내가 과 대표로 뽑혔다. 이후 자의 반 타의 반으로 졸업할 때까지 4년 동안 쭉 과 대표를 했으며 그때 얻은 나의 별명이 대장님이었다.

과 대표로서의 역할을 하면서 나의 내면에 생각지도 못한 또 다른 나의 모습이 있다는 것을 발견하고 적잖게 많이 놀랐다. 나에게 생각보다 열정적인 면과 더불어 와일드한 면도 있고 거침이 없는 성격이 있다는 것을 처음 알고 많이 놀랐다.

그때 나의 별명이 '대장님'과 더불어 찰지게 욕을 잘한다고 해서

'서수채'였다.

그렇다고 아주 상스러운 욕은 하지 않는 사람이니 오해는 하지 마시기를 바란다. 이 찰진 욕은 나중에 호중이를 만났을 때도 여지없이 발휘되었으니 호중이가 매일 내 욕을 흉내 내며 따라 했고 영화 〈파파로티〉에서 한석규 씨가 맡아 열연한 나상진 역의 캐릭터 설정에도 영향을 미쳤다.

그와 더불어 나에게 어떤 일을 기획하고 추진하는 추진력과 그 일을 끝까지 책임지는 책임감도 강하게 있다는 사실을 알았다. 지금도 나는 어떠한 일을 누구에게 전가하거나 도망가지 않고 끝까지 책임지고자 하는 책임감이 누구보다 강하다.

대학교 때 성악을 배운 은사님은 테너 김금환 교수님이셨다. 테너로서는 큰 키에 기골이 장대하시며 아시아에서는 최고라고 자부심이 넘치시는 한국 오페라계의 거목이셨다. 교수님은 이북에서 월남하신 분으로 성격이 이안삼 선생님 못지않게 강하셨던 분이셔서 레슨을 하다 마음에 안 들면 갑자기 악보가 날아가기 일쑤였고 쫓겨나기도 여러 번이었다. 그러니 레슨 들어가는 것이 점점 겁이 났고 이 핑계 저 핑계 대 가며 레슨을 빼먹고 학교 자체를 안 가는 일도 잦아졌다.

원하는 대학에 떨어졌다는 반항심에 교회도 안 나가고, 반수나 재수를 해서 내가 원하는 대학에 반드시 진학하겠다고 말을 하면서도 정작 행동은 억압된 고등학교 규율에서 벗어나 주어진 자유를 마음껏 만끽하는 데만 젖어 있었다.

수업을 빼먹을 때는 마음에 맞는 친구들과 술도 마셨고 밤새워 놀다가 학교도 안 가는 일이 비일비재하게 반복되었다. 그때 아버지가 보내 주시는 생활비는 기사 식당에서 한 달 먹을 식권을 구매한 후 나머지는 친구들과 술을 먹는 데 썼으며 모자라는 돈은 전당포에 당시 유행했던 워크맨이나 시계 등을 맡겨 놓고 술을 먹고 방탕하게 지냈으니 뭐가 제대로 되었겠는가?

그게 청춘이고 낭만인 줄 착각하면서…. 탕자가 따로 없었다.

좋은 성적으로 입학은 했으나 이런 생활이 이어지니 반수나 재수는 속절없이 멀어지고 편입 시험에도 보기 좋게 떨어졌다. 결과가 좋을 리 만무했다.

그 당시 음대에는 전통적으로 집합이라는 게 있었는데 고등학교 때도 경험해 보지 못한 일이다 보니 적응이 안 되었다. 남자 선배들과 복학생들이 아무 이유도 없이 수업 마치고 음악 감상실에 남학생들을 집합시킨 후 먼저 정신 교육을 시켰다. 선배들은 요즘 후배들이 예의가 없다는 둥, 인사를 안 한다는 둥 시시콜콜한 이유로 일장 연설을 한 후 소위 말하는 '빠따'를 돌리며 후배를 구타하는 것이었다. 하루를 건너뛰면 섭섭할 정도로 집합이 잦았다. 지금 생각하면 어처구니없는 일이지만 당시 음대에서는 공공연하게 이루어졌던 일들이었다.

이래저래 이 시기가 나에게는 심적으로 가장 힘들고 어려웠던 시기였다.

5장

격동의 시절, 꿈을 좇아 떠나다

1979년 내가 대학교 1학년 때 대한민국은 여러모로 격동기 시대에 접어들게 되었다. 10월 부마 사태와 이어지는 10.26 사태 그리고 12월에 12.12 사태가 터지면서 온 나라가 뒤숭숭한 상태에서 대학생들도 동요하기 시작했다.

1980년 봄 개학과 더불어 학생들은 군부 쿠데타로 실권을 장악한 신군부에 대항하여 데모를 시작했다. 그때 나는 2학년 음악과 대표로 데모를 주동하기 시작했고 격렬하게 투쟁했다. 그 당시 대구에서는 경북대는 좀 진보적이었고 상대적으로 영남대학교는 보수적이라 학교에서 데모를 거의 하지 않았었다. 그러나 12.12 사태 후에는 너나 나나 할 것 없이 한마음으로 "독재 타도!" 혹은 "전두환 물러가라!"를 외치며 모두가 데모에 동참했다.

5월이 들어서면서 데모는 점점 격하게 변했고 교정에 모여 데모하던 학생들은 교외 진출을 위해 학교 교문으로 진행하기 시작했다. 교문에는 수많은 전경이 이미 최루탄과 방패로 무장하고 방어벽을 구축하고 있었다.

그 당시 학교 앞에는 전투 경찰 부대가 있어서 영남대학교에 재학하다 군에 입대한 친구들 중에는 그 전투 경찰 부대로 배치받아 근무하던 친구들이 꽤 있었다.

어제까지 같이 공부하던 친구가 하루아침에 한쪽은 방망이와 최루탄으로 한쪽은 화염병과 돌로 무장하고 대치해야만 하는 상황이 당황스러웠고 참담해서 한동안 서로 주저하면서 대치했지만, 막상 최루탄이 날아와 터지는 것을 보니 서로 이성을 잃고 싸우기 시작했다.

대학교 1학년 때 1주일간 병영 수업의 화생방 훈련을 통해 최루탄의 맵고 쓰라린 맛을 이미 경험했었던 터라 최루탄의 냄새는 그때의 악몽 같은 기억을 되살리며 전의를 끌어 올리기에 충분했다.

순간 나도 화염병과 돌을 던지며 교문 앞의 방어벽을 뚫기 위해 싸웠다. 서로 몇 번의 공방을 주고받았지만, 그 당시 영남대학교의 교문은 "이것이 교문이다."라고 할 수 없을 정도로 너무 넓었으며 사방이 온통 논밭으로 되어 있어서 전경들을 피해 우회할 공간이 너무 많았고 숫자로도 너무 많은 학생이 모인지라 전경들의 일차 방어선은 생각보다 쉽게 무너졌고 학생들은 경산 시내 방향으로 계속 행진하기 시작했다.

일차 방어선을 뚫은 학생들의 사기는 하늘을 찌를 듯하였고 다같이 행진하며 부르는 데모의 노랫소리는 점점 커져만 갔고 거칠 것이 없었다. 그렇게 20분 정도 행진하다 조금 지칠 때쯤 경산 시내 입구에 전경의 2차 방어선이 보였다.

전경들의 2차 방어선을 본 학생들은 다시 흥분하기 시작했고 길가에 있는 돌들을 주워 두 손에 쥐고 전경들을 향해 달려가기 시작했다. 1차 방어가 쉽게 무너진 전경들은 2차 방어에 총력을 기울이면서 여기저기 부상당한 학생들이 속출하기 시작했다. 그러나 전경들의 필사 방어력은 이미 한 번의 승리를 맛본 학생들의 기세를 누르기에는 역부족이었다. 그렇게 2차 방어선을 뚫은 학생들은 경산 시내까지 진출했고 그때쯤 누군가가 "대명동 캠퍼스로!"라고 외쳤다.

이에 모두가 "대명동 캠퍼스로!"라고 따라 외치며 대구 시내 대명동에 있었던 영남대학교 대명동 캠퍼스로 행진했다.

대구 시내 입구에서 전경들의 3차 방어선도 쉽게 뚫은 학생들은 그렇게 20여 Km에 달하는 거리를 행진하며 대명동 캠퍼스에 도착하고 그날 데모를 마쳤다.

그날 이후 학생 간부들의 수배령이 떨어졌고 나도 혹시나 해서 고향 김천으로 내려가 조용히 숨어 있었다. 그것도 잠시, 얼마 안 있어 학교에 휴교령이 떨어졌다. 바로 5.18 광주 민주화 운동이 터진 것이다.

지금과는 달리 당시에는 언론이 완전히 통제되었고 경상도에 있는 우리는 여기저기서 막연하게 전해 오는 유언비어 같은 소식으로 광주에서 굉장히 큰 사태가 터졌다는 소식에 마음이 심란했다.

그렇게 2학년 1학기를 데모와 휴교로 보내며 수업을 일체 들을 수 없었다. 모든 수업과 시험은 리포트로 대체되었고 학사 일정은 모두 중단되었다.

2학년 여름 방학 학교가 궁금해 버스를 타고 학교에 도착해 보니 지프차와 장갑차로 무장한 군인들이 학교 교문을 막고 있어 순간 절망적인 마음에 휩싸였다.

갑자기 이게 뭐지 싶어 공부를 해야겠다는 생각이 들었다. 이렇게 하다가는 대학 4년을 그냥 보낼 수 있다는 위기감이 들었다. 내년이면 대학 3학년, 후년이면 대학 졸업인데 내가 지금 뭘 하고 있지? 갑자기 나 자신을 돌아보았다.

불안한 현실 속에서 스스로 자각하기 시작했으며 성악을 시작하면서 아버지께서 하신 말씀이 떠올랐다. "하려면 제대로 해라! 내가 끝까지 밀어주마."

대학교 2학년 2학기 때 학교는 정상화되었고 그때 마침 한 친구가 다가와서 "수용아, 너 나랑 교회 같이 가지 않을래?"라고 물었다. 이 친구는 작곡과 친구로 후에 영남대학교 음대 학장을 지낸 친구다. 한동안 잊고 지냈던 교회다.

현실을 자각하고 있었던 터라 쉽게 승낙하고 그 친구와 같이 대구 중앙교회에 출석하게 되었다. 당시 대구 중앙교회는 대구에서 아주 큰 대형 교회는 아니었지만, 어느 정도 규모가 있고 특히 음악적으로 아주 뛰어난 교회였다. 카리스마 있으시고 음악적으로 뛰어나신 지휘자 안승태 교수님의 지휘 아래 찬양대 솔리스트를 하면서 신앙생활을 다시 시작했다.

시간이 지나며 조금씩 신앙에 빠져들기 시작했고 성경책도 읽고 성경 공부도 했다. 성가를 부르며 많은 것을 느꼈고 성경 공부를 통하여 많은 것을 배웠고 말씀을 들으며 은혜도 받았다.

이때부터 방황을 접고 마음을 다잡고 공부와 연습에 몰두하기 시작했다.

방학 때 집에도 안 가고 연습실에 혼자 남아 연습했고, 에어컨도 선풍기도 없는 더운 날씨에는 연습실에서 양동이에 물을 받아 발을 담그고 혼자 연습하기도 했다. 새벽같이 도서실에 가서 자리 잡고 공부도 했다.

그때 이후부터 대학을 졸업할 때까지 장학금을 한 번도 놓쳐 본 적이 없었다. 그렇게 해서 대학을 졸업하자마자 바로 유학길에 오를 수 있었다.

졸업을 앞두고 고등학교 음악 교사로 갈 수 있었지만, 아버지와의 약속과 성악가로서 더 공부하고 싶은 열망이 있어 꿈을 찾아 미련 없이 독일로 유학을 떠났다.

3막

엘레간테 칸초네
(우아한 노래)

1장

아름다운 독일,
그러나 힘든 정착기

1983년 3월 7일, 독일을 향해 유학길에 올랐다. 선천적으로 한쪽 눈의 시력이 거의 없는 장애로 군대를 면제받아 남들보다 빠르게 유학길에 오를 수 있었다.

당시 독일은 외국 유학생에게도 대학 학비가 없었고 탄탄한 예술 교육을 무상으로 받을 수 있는 곳이기에 독일로 유학을 갔다.

우리나라는 1988년 88올림픽을 계기로 외국으로 출입이 자유로워졌고 그전에는 외국으로 가기 위해서는 너무나 많은 규제가 있었다. 특히 외국 유학은 일본이나 미국이 대부분이었고 유럽으로 유학을 가는 경우는 거의 없었다.

세계적인 정세도 구소련과 미국이 대치하는 냉전 시대였다. 한국에서 독일로 가기 위해서는 소련 영공이 개방되지 않은 상황이라

김포공항에서 미국 앵커리지를 경유하여 북극을 돌아 독일 프랑크푸르트에 도착하기까지 20시간이 넘는 힘든 여정이었다. 그런 힘들고 긴 여정에도 유학의 긴장감과 기대감으로 피곤한 줄 몰랐다. 그도 그럴 것이 외국 여행은 처음이고 독일에 아는 지인이 한 명도 없이 혈혈단신 혼자 떠나는 유학길이었고 준비한다고 했지만 서툰 독일어 실력에 홀로 떠난 길이라 피곤할 틈이란 있을 수 없었다.

대학교 3학년 뒤늦게 정신을 차리고 준비한 유학이라 많은 게 부족했다. 군 면제는 받았지만 졸업 후 한국에 남아 어학 준비를 하고 성악 레슨을 받는 것이 더 편하기는 하겠지만 그리 효율적인 방법이 아니라고 판단했다. 어렵더라도 유학을 가서 그곳에서 부딪히며 해결하자는 생각으로 무리한 출발을 했다. 집을 구하고 입학하고 졸업하기까지 정말 말로 다 할 수 없을 정도로 고생을 했지만 시간을 되돌려 그때로 돌아간다고 하더라도 나의 선택은 다르지 않을 것이다.

처음 도착한 프랑크푸르트(Frankfurt)에서 어디로 가야 할지 막막했다. 4월 5일이 첫 시험이니 그 전에 어디 정착해서 시험을 대비한 연습을 해야만 했다.

그래도 무엇인가 해야 하니 공항에 무거운 짐을 맡기고 어깨에 멜 수 있는 간단한 짐만 챙겨 독일 남부 도시 슈투트가르트(Stuttgart)로 떠났다.

시험 허가를 받은 학교가 칼스루에(Karlsruhe) 음대와 프라이부르크(Freiburg) 음대, 그리고 슈투트가르트(Stuttgart) 음대였다. 그리고 한국을 떠나오기 전 친구로부터 대학 동기 한 명이 나보다 한 달 정도 먼저 슈투트가르트(Stuttgart)로 유학을 떠나 정착했다는 정보와 함께 전화번호를 주었기 때문이었다.

지푸라기라도 잡는 심정으로 무작정 동기에게 전화해서 만나기로 약속했다.

슈투트가르트로 떠나는 기차 속에서 차창 밖으로 보이는 독일 모습은 아름다웠다. 깨끗하게 잘 정리된 도시, 아무리 시골구석이라도 잘 포장된 도로, 또 무성할 정도로 우거진 숲과 들판, 우리나라로 보면 산이 아닌 들과 동산 같은 곳에 울창한 아름드리나무 숲이 있는 것을 보고 신기했다.

산이 많은 경상도에서만 자란 나로서는 완만한 동산이나 밭 같은 곳에 울창한 나무숲이 있다는 것은 상상도 할 수 없었던 풍경이었다.

슈투트가르트에서 만난 동기는 나랑 서로 성향이 달라 대학 다니면서 별로 친하지 않았던 친구인지라 서로 서먹서먹한 관계였다. 이 동기에게는 서먹서먹한 관계를 증명이라도 하듯이 별다른 도움을 받지 못하고 주스 한 잔만 얻어먹고 짐을 들고 바로 발길을 돌렸다.

섭섭했다. 친하지는 않았지만, 조금의 도움이라도 얻을 수 있으리라 기대했다.

자기가 할 수 없으면 한인 교회나 아니면 자신이 아는 다른 사람을 소개 정도는 해 줄 수도 있지 않았을까.

이것이 섭섭하고 마음에 남았는지 이후 나는 유학 생활 10년 내내 처음 온 유학생이 기거할 곳이 없으면 꼭 나의 방으로 데려와서 방을 구할 때까지 숙식을 제공하곤 했다(당시 독일은 방 구하기가 너무 어려웠다).

그렇게 나의 방을 거쳐 간 유학생이 줄잡아 20명은 족히 넘으리라 생각한다.

그리고 곧장 칼스루에(Karlsruhe)로 이동하여 그곳 호텔에서 하루를 지냈다. 그런데 그 당시 독일 물가는 다른 것에 비해 기차비, 택시비, 호텔비는 너무 비싸 이동하는 데 부담스러웠다. 칼스루에에서 어쩌다 지나치는 한인에게 도움을 청해 보았지만, 자기들도 잘 모른다며 본체만체 지나갔다.

야박함을 느끼며 마지막 미지의 도시 프라이부르크(Freiburg)로 향했다.

나중에 나의 10년 유학 생활 후반, 가장 아름다웠던 3년의 추억을 칼스루에에서 가지게 되리라는 사실을 전혀 알지 못하고 칼스루에역을 떠나며 다시는 칼스루에에 오지 않으리라 마음을 먹었다.

프라이부르크역에 도착해서 공중전화 부스에서 무작정 전화번호부 책을 뒤지기 시작했다. Kim과 Park 그리고 Choi로 시작하는 이름을 골라 무작정 전화하니 아무도 안 받는다. 하는 수 없이 전화번호부에 기록된 한국 사람으로 생각되는 주소를 메모하고 무작정 택시를 타고 그곳으로 갔다.

테엠베(TMB) 독일어를 가르치는 어학원이 있는 대학생 기숙사였다. 그곳에 도착하여 한국 사람을 찾기 위해 기숙사 로비에 있는 우편함을 기웃거리는데 누가 말을 걸어 왔다. "한국분이세요?" "네~! 한국에서 왔습니다." 구세주를 만난 것이다.

이분은 송재남 씨로 나보다는 연배가 5살 정도 많았고 사회학을 전공하신 분이다. 나의 사정을 들은 이분은 바로 일주일 정도 거처할 수 있는 기숙사 게스트 찜머(룸)를 소개해 주었고 나는 독일에서 처음으로 나의 짐을 풀 수가 있었다.

송재남 형은 독일에서 처음으로 나에게 호의를 베푸신 분이셨다. 지금은 작고하고 안 계시지만 영원히 잊을 수 없는 분 중 한 분이시다.

재남이 형은 나중에 프라이부르크 시내에 방을 얻어 몇 달간 같이 지내게 되면서 독일 어학당이나 대학에 대한 정보 등 여러모로 나에게 많은 도움을 주셨던 분이다. 재남이 형의 도움으로 한인 교회에 출석하여 첫 예배를 드리는데 정말 눈물이 많이 흘렸다.

고즈넉한 중세 도시의 분위기를 그대로 품고 있는 프라이부르크는 슈바르츠발트(Schwarzwald, 검은 숲)로 둘러싸인 독일 남서부에 있는 도시로 프랑스와 스위스 접경 지역에 있어서 여행하기 좋은 도시다.

도시 중앙에 위치한 중세 성당인 뮌스터와 동심을 자극하기에 충분한 도심을 흐르는 작은 수로들, 도시를 관통하여 흐르는 드라이잠강(Dreisam River)으로 유명한데 특히 스위스 알프스산맥에서 흘러나오는 드라이잠강(Dreisam River)에 발을 담그고 있으면 한여

름에도 차가워서 온몸이 오싹할 정도였다.

　나는 그렇게 여러 사람의 도움으로 프라이부르크에서 차츰 독일 생활에 익숙해지며 정착하게 되었다.

　독일 정착 2개월 정도 지나면 독일어를 하는 꿈을 꾸고 3개월 정도 지나면 아주 심한 몸살을 앓는다고들 한다. 3개월 지나면 타국 생활에 적응되고 그동안 긴장했던 몸과 정신이 이완되면서 몸이 반응하는 것인데 나도 어김없이 독일어로 말하는 꿈을 꾸었고 얼마 지나지 않아 아주 심하게 몸살을 앓았다. 어디든지 혼자 있을 때 아픈 게 가장 서럽다.

1983. 05. 독일 유학 시절(프라이부르크)

프라이부르크에서 재남이 형과 같이 지내고 몇 달 후 재남이 형이 타 도시로 떠나는 바람에 나도 어쩔 수 없이 혼자 사용할 방을 구해야 했는데 방을 소개하는 곳에서 나를 보더니 개인 가정집을 소개해 주었다. 할머니 혼자 계시는데, 웬일로 동양인을 원한다고 했다. 시설도 좋고 월세가 싸서 흔쾌히 계약했다.

　주소를 받아 들고 찾아간 집의 할머니는 유대계 독일인으로 당시 프라이부르크대학을 졸업한 인텔리로 2차 세계대전 때 유대인이라는 이유로 큰 고역을 치러 휠체어를 타고 계셨다.

　독일 정부에서 할머니에게 연금을 주고, 할머니를 도와주시는 도우미분들이 매일 아침과 오후에 방문해서 할머니를 케어해 주는데 나는 외박이 안 되고 할머니 옆방에서 밤에 혹시 할머니의 필요가 있으면 도와주면 된다는 것이다.

　방값이 싼 것과 동양인을 원하는 것에는 다 그만한 이유가 있었다.

　좀 찜찜했지만, 이미 계약을 한 상태이고 한국에 계시는 할머니도 생각나고 해서 이사를 하고 지내기로 했다.

　이사를 하고 며칠은 괜찮았는데 어느 날 밤 갑자기 옆방에서 주무시던 할머니가 비명을 지르기 시작하는 것이다. 나는 놀라서 급히 할머니 방으로 달려가 보니 할머니가 주무시다가 악몽을 꾸고 혼자 버둥거리고 계시는 것이다. 급하게 불을 켜고 할머니를 깨우고 물을 드시게 한 후 안정시켜 드렸더니 이내 안정을 찾으셨다. 할머니는 독일군에게 당하셨던 2차 세계대전의 악몽에서 아직 헤어나질 못하셨다. 이 일이 있고 난 후부터 이런 일이 자주 발생하였고 나는 자다가 할머니에게 달려가야 하는 일이 많아지니 어느 날은 나도 자다가 가위에 눌리는 악몽을 꾸게 되었다. 밤에 잠을 깊이 못 자는 일이 자주 발생하다 보니 나도 점점 지쳐 가고 감당이 안 되어서 한 달 만에 이사를 결심하고 할머니에게 말씀드리니 할머니는 이해한다며 이제까지 모든 사람이 그래 왔다고 말씀하시면서 할머니는 내가 마음에 든다며 네가 원하면 집세를 안 내고 그냥 있어도 좋다고 하셨다.

순간 할머니를 버리고 도망간다는 죄책감도 들었지만 나도 공부를 해야 하고 아직 학교도 입학 안 된 상태이니 달리 방도가 없었다.

이사를 하던 날 나에게 실망하며 말없이 쳐다보던 할머니의 모습이 지금도 잊히질 않는다.

부모님 다음으로 아직도 죄송함을 가지고 있는 할머니이다.

아직도 프라이부르크의 모습들이 눈에 선하다. 언젠가 꼭 한 번은 다시 가 보고 싶다.

2장

베토벤의 고향 본(Bonn),
영혼의 고향이 되다

그해 봄에 치른 음대 입시는 보기 좋게 다 떨어졌다. 6개월 정도의 짧은 프라이부르크에서의 생활을 정리하고 본(Bonn)으로 거처를 옮기게 되었다. 그 이유는 프라이부르크에는 숲이 많아 꽃가루에 의한 알레르기 비염을 앓게 되었는데 이 비염이 심하여 코에서 피가 나고 얼굴이 붓는 증세가 심해 노래를 제대로 할 수 없었다. 그리고 그 당시 횃불선교회라고 있었는데 그곳에서 활동하면서 그곳 회장님이신 전도사님이 주선하여 선교회 본부가 있는 본으로 이사하게 되었다.

다음 해에 쾰른(Köln) 음대에 도전할 마음이 있었고 쾰른과 본은 지리적으로 가까워 쾰른에 집을 얻을 때까지 잠시 본에 머무르기로 했는데 이 본(Bonn)에서 나의 인생이 바뀌는 전환점을 맞게 된다.

그 당시 독일은 통일되기 전으로 동독과 서독으로 나누어져 있었고 원래 수도인 베를린이 동독 안에 섬처럼 동베를린, 서베를린으로 나누어져 있었기에 행정 수도를 따로 본에 두고 있었다. 한국으로 말하면 서울과 세종시 같은 관계였다.

그리고 본은 베토벤이 태어난 곳으로 베토벤과 슈만 하우스가 있어 정겨웠다.

쾰른에 방이 날 때까지 본에서 내가 머물렀던 곳은 개인 소유의, 한국으로 말하면 원룸 형태의 건물로 4층짜리 건물이었다.

나는 그곳에서 3층 끝 방에 머물렀는데 4층에 미술을 전공하신 김천고등학교 선배님이 계셨고 2층에 축산학을 전공하신 분이 살고 계셔서 어느 정도는 심심치 않게 지냈지만 두 사람 다 가정을 가진 분들이고 나는 아직 나이 어린 총각이라 아무래도 혼자 지내는 일이 많았다.

또 본에는 음대가 없고 연습할 곳도 마땅치 않아 쾰른으로 기차를 타고 가서 연습을 하고 돌아오는 생활이 반복되니 서로 깊은 교제를 나누기에는 한계가 있었다.

어느덧 해가 바뀌어 1984년 봄이었다.

그때까지 나의 형편은 정말 갑갑했다. 한번 발병한 비염은 잘 낫지 않고 계속 나를 괴롭혔으며, 그러니 학교 입학도 제대로 안 되고 학교 입학이 안 되니 비자 문제도 걸려 체류 자체가 불안했다.

아직 입학한 상태가 아니니 안 그래도 주택 사정이 최악인 쾰른에서 학생 기숙사에 들어가는 일도 만만치 않은 상태였다.

어느 것 하나 속 시원하게 해결되는 것이 없이 시간만 가니 정말 막막하고 죽고 싶은 심정이었다. '다 포기하고 한국으로 돌아갈까?'라는 생각도 했다.

실망하실 부모님의 모습이 떠올라 마음을 접었다.

가자니 태산이요, 돌아서자니 숭산이라! 꼭 내 처지가 딱 그대로였다.

윈스턴 처칠이 연은 순풍이 아니라 역풍에 더 높이 난다고 했던가? 사람은 힘들고 절박할수록 더 집중하고 몰입해서 자신도 상상할 수 없는 일들을 경험하게 된다. 그 간절함으로 매일 철저한 연습과 저녁 기도, 찬송과 성경 읽기를 멈추지 않았다. 이 역경을 헤쳐 나갈 수 있는 길을 열어 달라고….

그날도 여느 때와 같이 연습을 마치고 돌아와 기도하고 성경책을 읽었다. 누가복음 24장. 누가복음 24장은 예수님이 십자가에 못 박혀 돌아가시고 사흘 후 여인들이 향품을 들고 예수님 무덤을 찾아가는 장면에서 시작된다. 무덤에 도착한 여인들은 무덤을 막았던 큰 돌이 옮겨져 있고 예수님의 시체가 없는 빈 무덤을 확인하고 놀라 근심하는데, 그때 무덤 옆에 있던 두 천사가 여인들에게 "어찌하여 산 자를 죽은 자 가운데서 찾느냐."라고 말한다.

"어찌하여 산 자를 죽은 자 가운데서 찾느냐."

이 말씀을 읽을 때 커다란 망치로 머리를 한 대 세게 얻어맞은 듯한 충격을 받았다.

그동안 깊은 신앙은 아니었지만 나름 예수님을 믿고 성경 공부도 하며 살아 계신 하나님을 고백하며 예수님을 의지하며 기도 생활을 한다고 했지만, 나의 믿음의 하나님은 참으로 살아 계시고 지금도 역사하시는 살아 계신 하나님이 아니라 2,000년 전 십자가에 못 박혀 돌아가신, 성경 속에 문자로만 존재하는, 나의 지식 속에서만 계시는 하나님이었다는 것을 깨달았다.

즉, 산 자를 죽은 자 가운데서 찾고 기도했던 것이다.

기도할 때는 잠시 위안을 얻지만, 기도가 끝나고 돌아서면 늘 불안하고 초조해하던 나의 모습들이 떠올랐다. 살아 계시고 지금, 이 순간에도 나와 함께하시며 나의 인생을 살피시는 하나님을 믿는다면 내가 이렇게 초조해할 필요가 없었던 것이다.

그동안 나는 내가 만든 테두리 안에, 내가 생각하는 하나님 형상을 만들어 두고 하나님의 뜻이 아닌 내 뜻대로 움직여 주길 바라는 하나님을 믿고 있었다는 것을 깨달았다. 살아 계시는 하나님과 구세주 예수님을 영접하고 엎드려 회개 기도를 했다.

하나님이 원하신다면 내가 원하는 그 어떤 것도 기쁜 마음으로 포기할 수 있다는 고백과 함께 참으로 살아 계셔서 나와 함께하는 예수님을 마음으로 믿고 입술로 고백하는 감격스러운 체험을 하게 되었다. 정말 그렇게나 가지고 싶었던 성악도 주님이 원하시면 다 포기할 마음으로 **빈손을 들고 하나님의 손을 잡은 것이다.** 그때 내 기분은 3층 창문 밖으로 보이는 안개 낀 도로 위를 훨훨 날아다니는 기분이었다. 마음에 참된 평화가 찾아왔다. 정말 놀라운 체험이었다.

이후 2주 사이에 정말 놀라운 일들이 벌어지는데 며칠이 지나 편지가 한 장 도착했다. 그렇게나 기다리던 쾰른 학생 기숙사 신청이 통과되었다는 편지였다. 그리고 또 며칠이 지나 편지가 도착했는데 아헨(Aachen) 음대 대학원에 합격했다는 합격 통지서였다. 뛸 듯이 기뻤다.

또 얼마 후 다시 비염이 심해져 병원을 찾았는데 의사가 오랫동안 낫지 않자 별 기대하지 않고 코에 직접 뿌리는 스프레이형 비염약을 처방해 주었는데 나에게는 지금까지 그 어떤 약보다 효과가 있는 기적 같은 약이었다.

아무리 심하게 코가 막혀도 이 약을 뿌리면 순간 코가 뻥 뚫리고 최소한 5~6시간은 마음껏 코로 숨을 쉴 수 있었다. 남들은 이 약을 넣으면 곧 내성이 생겨서 금방 약 효과가 없어진다고 하지만 난 지금 40여 년째, 이 약을 사용해도 부작용도 없이 약 효과를 보고 있으니 얼마나 감사한 일인가.

  학교 합격으로 비자 문제도 한꺼번에 해결되는 정말 믿기 어려운 기적 같은 일들이 꼬리를 물고 일어났다.

  지금도 어려움이 닥치면 나는 그날 본(Bonn)의 그 일들을 기억하며 기도한다.

  수렁에서 건져 주신 하나님을 어찌 내가 신뢰하지 않을 수 있겠는가? 참으로 놀라우신 하나님의 역사하심을 경험했다.

3장

칼(Karl) 대제의 도시
아헨(Aachen)

1984. 08. 독일 유학 시절(쾰른 기숙사 앞)

아헨 음대에 입학하고 공부를 시작할 때쯤 나는 쾰른 기숙사로
이사를 해서 쾰른에서 아헨으로 기차 통학을 했다. 그리고 교회는

본 한인 교회를 그대로 다녔으니 매주 이동 거리가 상당했다.

한국으로 말하면 기숙사는 서울에 학교는 인천에 교회는 수원에 있는 것과 마찬가지였다.

사람이 한번 정이 들면 불편함을 감수하고라도 그곳을 떠나기가 쉽지 않다는 것을 실감했다.

독일 아헨은 국경 도시로 네덜란드와 벨기에, 룩셈부르크와 국경을 맞대고 있어 여행하기가 편했다. 프라이부르크와 마찬가지로 아름다운 중세 도시로 특히 공대로 한국 대학생들에게 유명한 도시다.

특히 칼(Karl) 대제와 온천, 그리고 세계적인 지휘자 카라얀으로 유명한데 일찍이 온천이 발달되어 프랑크 왕국 카를루스 왕조의 2대 왕으로 후에 서로마 제국의 황제가 되었던 칼 대제가 카롤링거 왕조의 수도로 삼은 도시다.

지금도 그의 시신은 아헨 대성당 지하에 안치되어 있으며 그의 동상은 아헨 시청 분수 광장 중앙에 우뚝 서 있다.

아헨 대성당은 1978년 독일 최초로 유네스코 세계 문화유산으로 지정되었으며 지붕 모양이 뾰족한 철탑의 고전 양식과 8각형 돔의 비잔틴 양식이 절묘하게 혼합된 아름다운 성당이다.

또 도심 한가운데에는 달걀 썩는 냄새가 살짝 나 유쾌하지는 않지만, 중세 시대 흔적을 고스란히 간직한 따뜻한 온천물이 돌기둥 조형물과 어울려 아직도 흐르고 있다.

그리고 세계적인 지휘자로 유명한 카라얀은 1934년 아헨 오페라 극장에서 독일 최연소 음악감독으로 취임하여 10여 년간 지휘했던 인연이 있는 도시다. 카라얀은 아헨 오페라단에서 바로 베를린 필하모니의 지휘자로 옮기면서 세계적인 지휘자로서 명성을 쌓아 가게 된다.

아헨 음대가 이 오페라 극장과 길 하나를 두고 나란히 있어 좋은 오페라 공연이 있을 때면 학생 할인을 받아 오페라를 감상하면서 나도 언젠가 저런 무대에 서서 오페라 공연을 꼭 해 보리라는 꿈을 키워 나갔다.

나는 쾰른에서 아헨까지 6개월 정도 계속 기차로 통학하다 힘이 들어 아헨에 방을 얻어 이사를 했다. 물론 교회는 계속 본(Bonn) 한인 교회로 다니면서….

집에서 학교로 가려면 도심 한가운데에 있는 골목길을 지나 30분 정도 걸어가야 하는데 중세 분위기가 물씬 풍기는 그 좁은 골목길이 너무 아름다워 지루함을 전혀 느낄 수가 없었다.

아헨 음대에서는 바리톤 '루돌프 바우츠' 교수님에게 배웠는데 아주 자상하고 따뜻하셨던 분이었다.

그동안 나는 강하고 엄격했던 선생님들 밑에서만 배우다가 너무 스타일이 다르신 분에게 배우니 처음에는 적응이 잘 안되었고 아무래도 테너가 바리톤에게 배우니 나름으로 어려움도 많았다.

학교 앞에 볼링장이 있었는데 연습이 잘 안되는 날이면 어김없이 볼링장으로 달려가 스트레스를 풀곤 했다.

볼링을 한번 치면 10게임 정도를 쳐야 직성이 풀렸다. 그렇게 친 볼링은 지금도 아주 잘은 아니지만, 어느 정도는 친다.

아헨에서의 생활이 안정을 찾아갈 즈음 어느 날 자다가 꿈을 꾸었는데 너무 생생하게 번호 6개가 보였다. 순간 꿈에서 깨어 이것은 분명히 로또 번호가 확실하다고 생각되어 6개 번호를 메모하고 기억했다. 하나님이 나에게 주신 선물이라 확신하고 보니 드디어 나에게도 이런 행운이! 벌써 수십억 부자가 된 양 가슴이 두근거리며 뛰기 시작했다. 2차 대전에서 독일이 패망하고 다시 경제 부흥을 할 때 국민들의 사기를 높이기 위해 독일 정부가 정책적으로 키운 것이 바로 분데스리가와 로또라서 상금이 꽤 컸다. 다음 날 아침 두근거리는 가슴을 안고 로또 판매점으로 향해 걸어갔다. 그때 마침 한 선배를 만났는데 그 선배는 김천 서부초등학교 선배로 가정 형편이 너무 어려워 아르바이트하면서 힘들게 공부를 하고 있었다.

그 선배를 보자 마음이 약해져서 로또 꿈 이야기를 해 주었는데 그 선배는 간절한 눈빛으로 자신에게도 로또 번호를 알려 주면 안 되겠냐고 간청을 했다.

평상시 어렵게 사는 모습에 측은지심이 있었던 선배라 망설임 없이 6개의 번호를 알려 주고 같이 나란히 사이좋게 로또 판매점으로 달려가 로또를 샀다.

시간이 흘러 로또를 발표하는 순간이 되었을 때 정말 가슴이 터질 듯 뛰기 시작했다. 그것도 잠시 번호 하나하나 발표될 때마다 숫자는 하나둘 어긋나기 시작했고 결국 6개 번호 중 한 개만 맞았다. 즉, 꽝이었다. 개꿈이었다.

그렇지 내게 무슨 행운이….

선배에게 얼마나 미안하던지….

4장

첫 성대 결절

나는 어릴 때 '짬보'라는 별명을 얻을 정도로 많이 울어 성대가 단련되어서 그런지 성대 하나는 튼튼하게 타고난 듯했다. 남들은 연습을 많이 한다든지 소리를 너무 많이 질러 목이 쉬었다고 하면 나는 이해를 못 했다.

어떻게 하면 목이 쉬지? 나는 아무리 소리를 지르고 노래를 많이 불러도 목이 쉬는 법이 없었다.

그러던 어느 날 대학원 졸업을 6개월 앞둔 1985년 여름 방학 때 선교 단체에서 3박 4일 수련회가 있어 같이 따라갔다.

대학원 졸업을 앞둔 상태에서 아직 진로가 결정되지 않아 약간 의 조바심이 있다 보니 수련회를 통하여 하나님과 담판을 짓고 싶 었다. 순간순간 쪽잠을 자며 3박 4일 동안 미련할 정도로 쉬지 않고 철야 기도를 했다. 그것도 잘 안 하던 통성 기도로….

여호와 하나님, 이 인생을 불쌍히 여기시어 주의 전능하신 팔로 나를 도우사 저의 앞길을 열어 주옵소서. 이제 제가 졸업을 얼마 앞두고 진로 문제로 깊은 고민에 빠져 있습니다. 이 불확실함을 걷어 내시고 주님이 원하시고 주님의 영광을 드러낼 수 있는 길로 인도하여 주시옵소서. 이 두려움과 의심의 마음을 버리고 확실한 비전을 가질 수 있게 도와주시옵소서.

통성으로 진심으로 기도했다.

마지막 날까지 그 옛날 본(Bonn)에서처럼 기도 응답이나 확신이 주어지리라 기대하며 열심히 기도했다.

그런데 마지막 날 목이 좀 따갑다는 느낌이 있었다. 별일이 아니 겠지 싶어 그냥 말을 하지 않고 집에 왔는데 이튿날 잠에서 깨어 옆 방 독일 친구에게 말을 거는데 목소리가 나질 않는 것이다. 순간 너 무나 당황스러웠다. 쉰 목소리는 친구가 나에게 가까이 귀를 대어 야 알아들을 수 있을 정도의 소리만 겨우 나는 것이다. 이게 뭐지 ~? 며칠 지나면 낫겠지. 편히 마음먹었다. 그런데 며칠이 지나도 목소리는 돌아오지 않았다. 한 10일 정도 지나니 차츰 목소리가 돌 아오기 시작했다.

기쁜 마음에 바로 연습실로 달려가 연습을 해 보니 목소리가 많이 돌아왔다.

기뻤다. 그러나 그것도 잠시 저녁부터 다시 안 좋아지기 시작하더니 그다음 날 다시 목소리가 안 나오기 시작했다. 3일 정도 지나니 다시 목소리가 돌아오고 연습하면 다시 안 나오고…. 이런 일이 계속 반복되었다. 병원에서는 점점 더 심해질 수 있으니 최소한 두 달 정도는 말도 하지 말고 쉬라는 것이다. 얼마 후면 졸업 연주회인데 어찌 연습을 안 할 수가 있는가! 3일 쉬고 하루 연습하고 또 3일 쉬는 형태를 반복하며 겨우겨우 대학원 졸업 연주회를 마쳤다.

1986년 졸업 후 몇 달의 휴식 끝에 독일 중부에 있는 빌레펠트 시립오페라단 합창 단원으로 합격하여 독일에서 학생이 아닌 직업인으로서 유학 생활을 시작했다. 이때 겪은 성대 결절이 내 평생 성악 인생에 끊임없이 나를 목 조일 줄은 몰랐다.

귀국 후에도 연주 활동을 하다가 갑자기 성대에 이상이 생겨 목소리가 제대로 안 나오는 경우가 종종 발생했다. 결정적인 것은 2003년 김천과 대구에서 독창회를 하는데 김천에서는 무사히 독창회를 마쳤다.

그리고 며칠 후 대구 문화예술회관에서 독창회를 하는데 갑자기 고음이 전혀 안 나오는 것이다. 고음에서 G(솔) 음 이상만 가면 아예 성대가 붙지 않는 것을 느낄 정도로 어떤 소리도 나지 않았다. 고음 쪽 성대 부분이 훼손되어 아예 너덜너덜해진 기분이었다.

1시간 20분 정도의 무대 위에서의 독창회 시간은 꼭 지옥의 심판대에 서 있는 기분이었고 나는 다시는 노래를 할 수 없겠다는 공포에 사로잡혔다. 안타까워하는 사람들의 시선과 실망하는 제자들의 모습에 쥐구멍이라도 숨고 싶었다.

　이 독창회는 나를 연주가보다는 가르치는 선생의 길로 전념하게 만드는 계기가 되었다.

5장

회색빛의 빌레펠트(Bielefeld)

 독일의 이민 정책은 상당히 까다로워서 외국인이 취업하거나 영주권을 따려는 것이 어렵기로 유명하다. 그러니 독일에서 학생 비자를 취업 비자로 바꾸는 것이 다른 나라에 비해 상대적으로 굉장히 어렵다. 그러나 나의 선배들이 취업 비자로 바꾸고 무난히 취업하는 모습을 지켜본지라 나도 어렵지만 큰 어려움 없이 취업 비자로 바꿀 수 있으리라 기대했다.

 빌레펠트(Bielefeld) 시립오페라단 계약서를 들고 외국인 비자를 관장하는 아우스랜드암트(Auslaenderamt)로 가서 비자를 바꾸려고 하니 나의 담당자가 정색하면서 거절을 하는 것이다. 알고 보니 나를 담당하는 독일 직원은 꼭 나치 군인처럼 짧은 머리에 독일 공무원으로는 보기 드물게 군화 같은 신을 신고 외국인에게 가혹하게 대하기로 유명한 사람이었다. 재수 없게도 담당자를 잘못 만난 것이다.

독일은 일단 담당자가 한번 정해지면 매번 그 담당자에게 가야 한다. 그 공무원은 외국인을 혐오하는 자였으니 나로서는 어쩔 수가 없었다. 오페라 극장의 도움으로 개인 변호사를 선임하면서까지 싸운 결과 1년 후 한국에 나가서 정식으로 취업 비자를 받고 다시 나오는 조건으로 취업 문제가 해결되었는데 이렇게 문제가 해결되기까지 오페라 시즌이 시작되고 6개월이라는 시간이 지났다.

그 6개월 동안은 오페라단에 근무하면서도 월급을 받을 수 없는 상태였다.

물론 비자 문제가 해결되면 소급하여 정산해 주겠다고 했지만 당장 생활비가 문제가 되었다.

한국 부모님에게는 이제 독일에서 취업했으니 더는 돈을 부칠 필요가 없다고 말해 놓은 상태라 어떻게 겨우 버텼지만, 3개월을 넘기기가 힘들었다.

비자 문제가 해결될지 안 될지, 또 언제 해결될지 아무것도 분명하지 않은 상황이었다.

한국 부모님에게 전화를 드렸다.

"엄마 난데, 돈 좀 부쳐 주셔야겠어요."

"왜?" 어머니 특유의 걱정스러운 외마디셨다.

여차여차 설명해 드리니,

"용아! 이제 우리 집 망했다! 이제 우리 어떡하면 좋냐?"

참았던 서러움이 복받치셨는지 울음을 터트리며 말씀하셨다.

갑자기 무슨 말씀인가 싶었다.

안 좋은 일과 좋은 일들은 서로 뭉쳐 다닌다고 했던가?

그동안 아버지는 하시던 철물점을 외삼촌에게 물려주시고 벌어 놓으신 돈으로 다른 사업을 여러 번 시도하셨는데 다 실패하셨다. 그러나 벌어 놓은 돈이 꽤 많으셔서 사시는 데는 큰 문제가 없으셨다. 그러는 동안 아버지, 어머니가 여기저기 빌려준 돈과 보증을 선 것들이 하나둘 터지더니 얼마 전에는 아주 제대로 큰 것이 두 건이나 동시에 터져 집이랑 큰 도로변에 있던 3층 건물까지 다 남의 손에 넘어가게 되었다는 것이다.

참담한 심정이었다.

차마 더 이상 돈 이야기를 못 하고 그냥 전화를 끊었다.

그때 형은 대학을 졸업하고 결혼해서 서울 대기업 건설 회사에 입사한 지 얼마 되지 않은 상태였고 여동생은 대학교 4학년으로 부모의 지원 없이 혼자 아르바이트하며 대학을 졸업해야만 했다. 지금도 그때 여동생을 생각하면 형이나 내가 경험하지 않았던 어려움을 오롯이 혼자만 겪게 한 것 같아 마음이 짠하다.

후에 여동생은 대학을 졸업하고 바로 대구의 한 중학교에 교사로 채용되면서 어머니의 한숨도 잦아들게 되었다.

집안도 집안이지만 나는 나대로 어떻게 해서든지 살아남아야 했다. 은행에 가서 소액 대출을 받아 버티기로 했다.

이래저래 버텨 6개월 후 비자 문제가 해결되었고 밀린 월급도 한꺼번에 나와서 숨통이 트여 문제가 해결되었다. 그때부터는 내가 한국에 있는 부모님에게 조금씩 돈을 보내 드릴 수 있었다. 큰돈은 아니었지만 이렇게라도 부모님을 도와줄 수 있다는 것이 정말 감사했다.

빌레펠트(Bielefeld)는 사실 크게 매력적인 도시는 아니었다. 크게 볼 것이 없는 회색빛의 삭막한 도시였다.

빌레펠트 오페라단은 존 듀이(John Dewey)라는 세계적인 현대오페라 연출가가 있어서 현대오페라를 많이 연주하는 오페라단이었다. 현대오페라를 많이 하다 보니 별로 재미도 없었고 단원들 중에 동성연애자들이 생각보다 많아서 적응하기가 꽤 힘들었다. 오페라단 안에서 동성연애자들의 은근하고 노골적인 애정 행각은 동양적인 사고에 물들어 있는 나로서는 무척 견디기가 힘들었다. 이것은 내가 3년 만에 칼스루에 주립오페라단으로 직장을 옮기게 되는 결정적인 이유 중 하나였다.

빌레펠트에서의 나의 신분은 유학생이 아닌 직장인이었기 때문에 다른 유학생들의 부러움의 대상이었다. 풍족하지는 않았지만, 돈에 쪼들리지 않을 정도의 수입과 시간적 여유가 있었다. 그러다 보니 자연적으로 이성에 관심이 갔고 비록 회색빛 빌레펠트였지만 나에게는 일면 분홍빛으로 채색된 부분들도 있다.

　인문학을 전공한 예쁜 여학생과 서로 결혼까지 꿈꿀 정도로 사귄 적도 있었지만 자라 온 환경의 차이 그리고 성격 차이를 극복하지 못하고 결국 헤어졌다.

　어쨌든 사람을 사귀고 헤어지는 경험을 통해 막연히 이상형이라 생각했던 사람도 실제로 만나 사귀어 보면 그 이상형이라는 것이 얼마나 어리석은 허상인지를 실감하게 되었다. 몇 번의 이성 교제는 사람을 보는 안목을 가지게 해 주었다.

6장

유럽 배낭여행

　오페라단에 취업하고 경제적으로나 시간적으로 안정을 찾으며 그동안 하고 싶었던 일을 해 보기로 마음먹었다. 바로 유럽 배낭여행이었다.

　여행이란 우리가 사는 장소를 바꾸어 주는 것이 아니라, 우리의 생각과 편견을 바꾸어 주는 시작이라 했다. 졸업 후 유학, 유학 와서 입학과 졸업하기까지 앞만 보고 달려왔던 고단한 삶에 잠시 쉼표를 찍고 싶었다. 앞만 보고 달려왔던 시간들에서 내 삶의 주변을 돌아보고 싶었다.

　지금은 여행이라는 것이 삶의 일상인 세상이지만 1980년대는 여행이라는 것이 학교에서 수학여행으로 가지 않으면 거의 경험을 할 수 없는 시대였다.

　내 인생의 자발적인 여행이라 할 수 있는 것은 유학을 준비하던 대학교 3학년 여름 방학 때였다. 유학을 가면 육체적으로도 심리적으로도 낯선 환경에서 많은 어려움이 있으리라 생각되어 심신을 단련할 목적으로 배낭 하나를 메고 혼자 전국을 일주한 경험이 있다.

인천에서 출발하여 서해안을 따라 광주, 목포를 돌아 하동과 진주를 거쳐 부산, 울산, 포항 그리고 강릉까지 돌아오는 코스였다. 주로 버스와 기차를 타고 이동했지만 걷는 시간이 만만치 않았다. 첫 배낭여행 중 지금도 잊지 못할 생생한 기억들도 있다. 첫 기착지인 인천 월미도에서 돈을 잃어버려 굶기도 하고 대학 친구들이나 여행 중에 만난 낯선 사람에게 밥을 얻어먹기도 했다. 철저하게 고생하고 어려운 역경을 이겨 내고 경험해 보고 싶었다. 그때 혼자 한 첫 배낭여행은 내게 시간이 나면 꼭 다시 해 보고 싶은 좋은 추억으로 남아 있었다.

드디어 시간적으로도 경제적으로도 여유가 있는 지금 꼭 유럽의 여러 곳을 여행해 보고 싶었다.

바로 그 로망을 실행하기로 했다.

혼자 단출하게 배낭을 꾸려 빌레펠트에서 기차를 타고 쾰른을 지나 프랑스 파리로 가서 여행하고 다시 스위스를 거쳐 이탈리아 밀라노와 로마 그리고 나폴리와 폼페이까지 갔다가 오면서 오스트리아 잘츠부르크와 독일 뮌헨과 쾰른을 거쳐 빌레펠트로 돌아오는 코스를 잡았다.

나에게 있어서 홀로 떠나는 배낭여행은 외로움을 견디고 자신을 강하게 만들고자 하는 몸부림이요, 삶에 대한 도전이었다.

보통 숙소는 유스호스텔이나 대륙 간 열차를 이용했지만, 가끔 비싼 물가에 돈을 아끼고자 하는 목적과 나 자신을 좀 더 강하게 만들고자 일부러 기차역에서 노숙도 해 보았다.

조그마한 동양인 하나가 겁도 없이 좀도둑들이 많기로 유명한 파리역이나 로마역에서 노숙하니 많은 사람이 쳐다보았지만 상관없었다.

경험하고 이겨 내고 싶었다.

파리를 여행하며 놀라웠던 것은 지하철이었다.

물론 서울 지하철도 좋았지만 파리는 그 옛날에 일반 시민들을 위해 이렇게 많은 노선을 지하에 건설했다는 것이 놀라웠다.

지하철을 타면 웬만한 곳에는 다 가 볼 수가 있었다.

이 배낭여행을 하며 느낀 점은 내가 이탈리아에서 굉장한 자유를 느꼈다는 것이다. 몸에 딱 맞는 옷을 입은 느낌이었다.

독일과 프랑스 그리고 스위스와 오스트리아에서는 느끼지 못했던 자유로움을 느꼈다.

성악을 전공해서 그런지 이탈리아가 나의 적성에 맞고 낭만적인 나라로 다가왔다.

피부가 벗겨질 듯한 강렬한 햇살이 비록 힘들었지만 해가 지면 살결을 살짝 휘감으며 기분 좋게 간지러울 정도로 살살 불어오는 지중해의 바람과 관광지마다 넘치는 자유와 젊음의 낭만은 아직도 잊을 수가 없다.

비록 짧은 시간 많은 것을 보기 위해 대낮 땡볕에 관광지를 돌아다닌 결과 햇빛 알레르기가 돋아 종아리에 물집이 잡혀 애를 먹었지만 모든 게 좋았다.

또 가끔 만나는 한국 단체 관광객들은 나를 경이롭게 쳐다보며 격려해 주던 것도 잊을 수가 없다.

그렇게 만난 단체 관광객 중 내일이면 자기는 한국으로 돌아가서 필요가 없으니 여행하며 보태 쓰라고 남은 돈을 건네주시던 여사님도 기억에 남고 나폴리에서 나처럼 혼자 여행하다 만난 또래 일본인 여자도 기억에 남아 있다.

낙천적이랄까? 이탈리아 사람들의 대충 사는 듯한 삶은 이상하게 보이면서도 묘한 매력이 있었다.

하루는 로마에서 폼페이로 가기 위해 기차표를 끊고 매표소 직원에게 거스름돈을 받는데 돈을 헤아려 보니 거스름돈의 액수가 맞지 않았다.

그래서 매표소 창구로 가서 직원에게 안 통하는 말로 손짓, 발짓을 동원하여 항의했더니 돈을 다시 내주는 것이다.

그 돈을 받고 계산해 보니 그래도 거스름돈이 모자라는 것이다.

그냥 갈 수 있었지만, 이 사람들이 나를 놀리나 싶어 다시 찾아갔다.

다시 항의하니 돈을 또 내어 주는데 헤아려 보니 이제는 남는 것이다.

받을 거스름돈보다 더 많이 내어 준 것이다.

물론 더 이상 항의하러 매표소로 가진 않았다.

이탈리아 사람들이 암산에 약한 것은 알고 있었지만, 이 정도일 줄은 몰랐다.

그래도 왠지 이런 이탈리아 사람들의 빈틈들이 좋아 보였다.

그동안 독일에서 살 때는 못 느꼈는데 배낭여행을 마치고 다시 독일로 돌아오니 왠지 무엇인가 다시 쪼여 오는 느낌에 긴장해야 하고 실수하면 안 된다는 압박감이 밀려오는 것을 느낄 수가 있었다. 여행은 사람을 자유롭게 한다.

이 느낌은 지금도 외국 여행 후 한국에 들어올 때 똑같이 느낀다.

홀로 떠나는 여행은 모험심과 상상력을 키우고 자신에 대한 도전에서 승리할 수 있는 기쁨과 뿌듯함을 줄 수 있기에 나의 제자들과 아이들에게 꼭 추천하고 싶다.

4막

그란데 아리오조

(위대한 아리아)

1장

인생의 반려자

빌레펠트에서 3년간의 오페라단 생활을 접고 칼스루에로 직장을 옮겼다. 칼스루에에서의 나의 마지막 유학 생활 3년은 내 인생에서 가장 아름다운 추억이 남아 있는 도시다.

빌레펠트를 떠나면서 주어진 45일간의 휴가 때 나는 한국에 다녀오기로 했다.

처음 빌레펠트에 갈 때는 나보다 나이가 많은 한국 총각들이 많아 결혼이라는 단어가 그저 먼 훗날의 일이라 생각했는데 나보다 나이 많은 총각들이 하나둘 결혼하더니 어느새 내가 빌레펠트에서 가장 나이가 많은 노총각이 되어 있었다. 나이 30세, 은근히 위기감 내지는 조바심이 생겼다.

한인 교회 안에 좋은 자매들도 많았지만 서로 인연이 아닌 듯했고 한국에 가서 소개를 받아 결혼할 수 있다면 한국에서 해도 괜찮겠다는 생각이 들었다.

조급한 마음에 칼스루에로의 이사도 미루고 친구 집에 짐만 정리해서 맡겨 놓은 상태에서 한국행 비행기에 몸을 실었다.

한국에 오니 어머님과 지인들이 여기저기 선을 잡아 놓고 기다리고 있었다. 몇 번의 선을 보고 나니 회의감이 들었다. 평생을 함께할 인생의 반려자를 만나는데 몇 번, 몇 시간으로 그 사람을 알고 중요한 결정을 한다는 것이 말도 안 되는 것 같았다. 결혼의 배우자에 대한 기도는 유학 초창기 때부터 했었다. 몇 번의 사귐이 있었지만, 모두 그 정도에서 끝났다.

고등학교를 졸업하고 가끔 김천 고향에 와도 은사님인 이안삼 선생님을 자주 찾아뵙지는 못했다. 그저 가끔 연락을 드리고 인사를 드리는 정도였다. 독일에서 45일이라는 긴 시간으로 휴가를 나와서 선생님께 안부 전화를 했다.

"선생님! 저 수용입니다."

"오~ 그래, 어디냐?"

"얼마 전에 휴가차 한국에 들어왔습니다."

"그래 너 장가는 갔니?" 선생님도 돌직구를 잘 날리시는 분이다.

"아뇨~ 아직…. 장가가면 선생님께 미리 말씀드렸죠!"

"그러면 너 이번 주 목요일 김천시 합창단 연습실로 오너라."

"아니, 선생님~ 합창단 연습실에는 왜요?"

"야~ 인마! 그냥 와 보면 알아."

목요일이 되어 합창단 연습실로 갔다.

조용히 뒤에 앉아 단원들과 같이 연습하며 선생님의 모습을 지켜보았다.

연습이 끝난 뒤 선생님은 나를 앞으로 불러내어 단원들에게 소개했고 그 후 몇몇 임원과 뒤풀이하는 장소에 같이 가게 되었다.

선생님 옆자리에 앉아 선생님이 따라 주는 맥주 한 잔을 다 마실 때쯤 갑자기 선생님이 대각선으로 건너편에 앉아 있는 한 여자분을 가리키며 "너, 저 친구 잘 봐 두거라." 하셨다. 선생님이 가리키는 손가락 방향으로 눈길을 돌리니 묘한 매력을 가지고 있는 한 여자분이 눈에 들어왔다.

유미란!

화려하지 않으면서도 당당하고, 당당하면서도 여유로워 보이는 카리스마는 보통 사람이 쉽게 범접하기 어려운 묘한 아우라를 풍겼다.

그동안 어떤 여자에게서도 본 적이 없는 사람을 집중하게 하는 매력이 있었다.

그 순간 저 여자와 결혼을 위해서라면 나의 신앙과 가족을 포기하는 것 외에 어떠한 것을 희생해서라도 결혼할 수 있겠다는 생각이 들었다.

굉장히 강렬한 인상을 받았다. 첫눈에 콩깍지가 제대로 씌었던 거다. 이 콩깍지는 30년이 지났으면 벗겨질 법도 한데 지금도 여전히 벗겨지지 않고 단단하게 붙어 있다.

이 콩깍지가 아이들과 우리 가정을, 그리고 가장과 내 자리를 견고히 지켜 주는 비법이다.

그 여자를 조금 더 알고 싶어 2차 자리에도 따라갔다. 집사람은 당시 합창단 총무를 맡고 있어 어쩔 수 없이 2차를 따라가야만 했다. 김천역 광장에서 이뤄진 2차 자리는 그 묘한 매력을 다시 확인할 수 있었던 자리였고 언제 다시 한번 만나고 싶다는 말도 제대로 못 하고 아쉬움만 남기고 기약 없이 헤어졌다.

며칠이 지나 선생님에게 전화가 왔다.

"수용아, 너 내일 저녁에 시간 있니?"

"네~ 선생님 무슨 일이시죠?"

"집에 와 보면 안다."

다음 날 선생님이 그 여자에 대해 무슨 말이라도 해 주시리라는 기대를 하며 선생님 댁으로 갔다. 선생님 댁에 도착하여 방에 들어가니 놀랍게도 그 여자분이 와 있는 게 아닌가? 그 여자분은 합창단 일이라고 공적인 일로 와 있다가 내가 온 것을 보고 많이 당황스러워했다.

나도 놀라움과 두근거리는 마음을 숨기고 태연한 척 앉아 선생님과 이런저런 이야기를 나누었다.

여러 이야기가 오가다가 마침내 선생님이 말씀하셨다.

"두 사람은 내가 가장 아끼고 사랑하는 사람인데 서로 미혼이고 잘 어울릴 듯하여 같이 불렀다. 서로 손 좀 내밀어 봐."

나는 쭈뼛거리며 선생님께 손을 내밀었고 그분도 어색하게 손을 내미니 선생님은 두 사람의 손을 잡고 서로의 손을 잡을 수 있게 여자분의 손 위에 나의 손을 포개며 "자! 이제 두 사람은 집 대문을 나설 때까지 이 손 놓지 말고 같이 나가라." 하셨다. 잡은 손으로 전해 오는 따뜻한 온기가 좋았다. 물론 나는 선생님 말씀대로 집 대문을 나설 때까지 그 손을 꼭 잡고 놓지 않았다.

선생님은 우리 두 사람을 데리고 생맥줏집으로 가셔서는 맥주와 안주를 시켜 놓고 두 사람 잘해 보라고 하시고는 금방 사라지셨다. 그 자리가 나도 많이 당황스러웠지만, 그 여자분은 더 당혹스러워했다.

그 여자분은 술을 혼자 마셔 본 적이 있냐고 물었다. 없다고 하니 오늘 한번 해 보라고 했다. 이런 자리인 줄 모르고 왔고 저녁 시간 아이들을 가르치는 일을 하고 있던 그 여자분은 일이 있어 가 봐야 한다고 했다. 혼자 술 마셔 보겠으니 대신 다음에 차 한잔 사 줄 수 있는지 물었다. 그때까지만 해도 결혼에 대한 생각이 없던 그 여자분은 뭔가 뻔한 남녀 사이의 연결 과정이라 느껴졌는지 불편해했다. 그런 거 아니니 차 한잔을 하자고 했다. 그렇게 해서 차 한잔, 차 얻어 마셨으니 밥 사겠다 해서 밥 한 그릇.

10여 일 동안 합창단에서 처음 본 것까지 합해도 4번 정도를 보았다. 오래 사람을 만난다고 잘 아는 것은 아니라는 생각을 그때 처음 했다. 1989년 7월 말 수요일 저녁을 함께 먹고 근처에 교회가 있어 함께 수요 예배를 보러 갈 것을 권했다.

이 여자분은 가톨릭 신자였다. 나는 마음을 이미 정했으니 마지막으로 예배를 함께 보고 이 여자분이 기독교로 개종할 여지가 있는지 확인해 보고 여지가 없으면 포기하려고 했다.

예배를 드리고 질문했다. 기독교를 어떻게 생각하는지.

여자분은 자신은 가톨릭 신자지만 기독교에 대해서 크게 거부 반응이 없다고 말했다.

그래서 재차 질문을 했다.

만약에 어떠한 상황이 생겨서 기독교로 가야 한다면 갈 수 있는지.

기독교로는 갈 수 있다는 대답이었다.

확인이 끝났으니 그 자리에서 바로 청혼을 했다. 몇 번밖에 보지 않았기에 잘 모르고 아직은 사랑이라는 마음도 솔직히 모른다. 그러나 결혼을 위한 배우자로서 가능성은 충분히 보였기에 청혼한다고 했다. 나의 청혼에 그 여자분은 사람이 그리 경솔해 보이지 않는데 자신에 대해 알고 있는 게 거의 없는 상태에서 어떻게 청혼을 할 수 있냐고 신기해하며 물었다. 평생 결혼하지 않고 혼자 살아갈 것이면 거절하고, 살면서 언젠가 결혼할 것이라면 지금 내 청혼을 신중하게 생각해 봐 달라고 했다. 잠시 생각하던 그 친구는 시간을 달라고 했다. 3일을 주겠다 했다. 난 그때 어머니가 마련해 놓은 다른 선을 봐야 하는 상황이었기에 긴 시간을 줄 수 없었다. 그 친구는 웃으면서 내 대답을 기다리지 않고 다음 순서 선을 볼 사람을 그냥 만나라고 했다. 난 청혼을 했고 그 청혼에 대한 분명한 답을 먼저 듣고 그다음 어떻게 할 것인지를 정하겠다고 했다. 양다리가 싫었다.

일주일이라는 시간을 주고 그 대답을 기다렸다.

그렇게 헤어지진 후 예약되었던 다른 선들을 모두 취소하고 일주일을 기다렸다.

초조했다. 노총각으로 다시 독일로 돌아가야 하나?

일주일이라는 시간은 꽤 길었다.

약속한 일주일이 지나서 직지사 대웅전 앞에서 만나자는 연락이 왔다.

이건 뭐지? 긍정의 신호인가, 부정의 신호인가?

멀리 약속 장소를 택한 것을 보면 긍정의 신호인 것 같기도 하고….

두근거리는 마음을 다잡고 버스를 타고 약속한 장소로 한걸음에 달려 나갔다.

"어떻게 고민을 해 보셨는지요?" 돌직구를 날렸다.

"네~ 고민 많이 했습니다."

"그럼 그 결과는요?"

"인생을 한번 같이 걸어가 보기로 했어요."

"네? 그럼 OK입니까?"

"네~ OK입니다."

우리는 그렇게 서로를 받아들였다.

2장

눈물의 웨딩마치

결혼 약속 후 우리는 매일 만나 데이트를 했다. 몇 번의 만남 동안 서로의 인간성과 종교 외에 크게 신경을 안 써서 서로에 대하여 아는 것이 너무 없었다. 종교와 인간성 외에 나이, 대학, 전공 그리고 서로의 취미와 관심사 외에는 아는 것이 별로 없었다. 이제 결혼에 관한 실질적인 이야기를 해야 할 듯싶어 서로가 질문했다.

"부모님은 무엇을 하시는지요?"

"형제는 몇 명인지요?"

"지금 계시는 집은 어디세요?" 여자가 질문했다.

"김천 평화시장 〈평화지업사〉 아세요?"

"네~ 잘 알죠."

"그럼 그 앞에 골목 아세요?"

"네~ 저 그 골목에서 좀 살았는데…."

"그래요? 우리 집은 그 골목 끝에서 세 번째 붉은 벽돌 이층집입니다."

"어머~! 나는 그 윗집에서 2년 동안 살았는데….."

2년 동안 담 하나를 같이 두고 살았지만, 서로를 몰라봤다.
무슨 이런 인연이….

나는 평상시 경상도 여자를 싫어했다. 특히 김천 여자는 더 싫었다.
투박하고 거친 말투의 그 느낌이 싫었다.

김천을 떠나 유럽으로 멀리 유학까지 갔건만 돌고 돌아 만난 여자가 경상도 여자에, 또 김천에, 그것도 모자라 담 하나를 두고 옆집에서 같이 산 여자….

지금은 경상도에 김천 여자 그것도 이웃집에 살았던 여자를 너무 사랑한다.

결혼 준비를 하기 전 양가에 인사를 드리고 결혼 승낙을 먼저 받아야만 했다.

그런데 문제는 여기서 발생했다.

양가는 서로를 너무 잘 알고 있었기 때문에 반대가 심했다.

우리 집에서는 돈 들여 독일로 자식 유학까지 보냈는데 김천에 그것도 같은 동네에 살던 이웃의 여식과 혼인시킨다는 게 탐탁지 않았고, 여자 집의 아버님은 예상대로 나의 눈을 이유로 반대하시는 것이다.

우리 집의 반대는 어머니의 욕심으로 하시는 반대인지라 내가 얼마든지 설득할 수 있었지만, 여자 집 아버님의 반대는 내가 할 수 있는 일이 없었다.

부모면 누구나 반대할 수 있는 상황이고 어느 정도는 예상하며 각오도 하고 있었던 상태라 크게 개의치 않았지만, 왠지 모르게 나의 인생이 또 한 번 격정의 순간으로 빨려 들어가는 것 같은 불길한 생각이 들었다. 나는 선물을 들고 여자 집 아버님을 찾아뵈었다. 아버님과 단둘이 마주 앉은 자리에서 무릎을 꿇었다.

"아버님, 따님과의 결혼을 승낙해 주시면 좋겠습니다."

아버님은 나를 쳐다보지도 않고 돌아앉으시면서,

"나는 이 결혼 허락해 줄 수 없으니 그렇게 알고 돌아가게.

내가 자네 집 어른들은 점잖고 참 좋으신 분인 걸 잘 알고 있네.

그러나 내가 이 결혼을 반대하는 이유는 자네가 더 잘 알고 있으리라 생각하네.

그만 돌아가게."라고 하셨다.

집사람이 나의 편에서 아무리 설득하여도 소용이 없었다.

나는 더 이상 어떠한 말을 해도 소용없다는 것을 알고 그냥 돌아나올 수밖에 없었다.

아…. 역시 나는 또 안 되나~!

뭐가 이렇게 모든 일에 힘이 드나. 어찌 쉽게 지나가는 일이 하나도 없냐….

혼자 속으로 투덜거리며 골목길을 걸어 나왔다.

"아버지 반대로 맘 상하셔도 너무 성급하게 결정하지 않으시면 좋겠어요."

"네~ 어쩔 수 없죠. 천천히 생각하면서 고민해 보죠."

무거운 침묵 속에 나란히 같이 걷다가 갑자기 무슨 용기가 생겼는지 "아~ 조용필처럼 결혼할 수 있는데…."

집사람에게만 들릴 만한 소리로 중얼거리며 말끝을 흐렸다.

그 소리를 들었는지 집사람이 나를 쳐다보며 말을 했다.

"자신 있어요?"

"네…. 저는 자신 있습니다마는."

"그럼 저도 자신 있습니다."

그 당시 가수 조용필 씨가 조용하게 절에서 비밀 결혼을 한 것을 염두에 두고 말했는데 여자가 알아듣고 답을 한 것이다.

그 후 서로 양가의 허락을 구하는 노력은 더 이상 하지 않았다.

바로 1989년 8월 15일 광복절을 D-day로 잡고 일사천리로 일을 진행했다.

8월 15일! 나는 우리 집으로부터 독립! 그 여자분은 그 집으로부터 독립!

결혼 날로는 최고였다.

양가 어른들의 승낙을 받지 못하고 우리끼리 하는 예식이라 가능한 한 간단히 하기로 했다. 결혼식은 비밀 유지를 위해 김천을 떠나 왜관역에서 낙동강을 따라 비포장길로 20분쯤 들어가면 있는 작은 마을의 금남교회에서 하기로 했다. 여자 쪽에서 집안 대표로 여동생과 친구 5명, 내 쪽에서도 우리 집 대표로 나의 여동생과 친구 5명, 총 12명의 하객을 불러 놓고 나이 30의 노총각이 결혼식을 올렸다. 하객으로 참석한 친구들 중에는 여름휴가 중 갑작스럽게 소식을 듣고 반바지에 슬리퍼 차림으로 온 친구도 있었다.

결혼식을 한 금남교회는 목사님이 없고 전도사님만 있는 작은 교회라 나보다 나이가 어린 전도사님의 주례로 결혼식을 하게 되었다. 신랑 입장 때 피아노를 전공한 친구가 치는 풍금 반주에 맞추어 나는 씩씩하게 웃으며 주례 앞으로 성큼성큼 걸어 들어갔다.

그리고 이어서 신부 웨딩마치에 맞춰 신부가 한복을 입고 입장하기 시작했다. 풍금의 삐걱대는 페달 소리가 유난히 크게 들리는 그때 여기저기서 훌쩍거리는 소리가 들리더니 이윽고 신랑 신부를 제외한 모든 하객이 울면서 눈물의 결혼식이 되고 말았다. 단출한 결혼식이었지만 우리 두 사람에게는 어떤 화려한 결혼식보다 의미가 있었고 충분한 결혼식이었다. 결혼식이 끝나고 아내 친구들이 마련한 소면 한 그릇과 수박과 떡 한 접시로 결혼식에 온 손님들을 대접했다. 결혼 비용을 위해 각자 15만 원씩을 내서 30만 원으로 모든 비용을 사용했다. 서로 18K 반지 하나씩, 결혼식 감사 헌금, 음식비까지 결혼식 비용은 30만 원으로 충분했다. 그렇게 우리 두 사람은 한 가정을 이루었다.

1989. 08. 15. 결혼식을 끝내고

여담이지만 이후 우리 둘은 독일에서 3년의 결혼 생활 후 첫아이 강이를 낳고 귀국하여 부모님 앞에서 다시 결혼식을 올렸으니 나는 한 여자와 결혼을 두 번 한 남자다. 혼인 신고만 하고 두 사람만의 결혼식을 한 걸 모르시는 부모님의 성화에 결국 귀국 후 예식장에서 양가 부모님과 일가친척을 모시고 결혼식을 다시 해야만 했다.

　나는 지금도 모든 걸 포기하고 오로지 나만 바라보고 홀몸으로 독일까지 따라와 준 아내가 정말 고맙고 이것만으로도 세상 끝날까지 아내만을 사랑해야 하는 이유로 충분하다고 생각한다.

3장

아름다운 수채화
칼스루에(Karlsruhe)

독일에서의 결혼 생활은 서로를 알 수 있는 연애 기간이 너무 짧은 터라 다투는 일이 잦았지만 나름 행복했었다.

서로를 알고 맞추어 가는 것도 1년쯤 지나니 10년쯤 산 부부인 양 서로가 인정하고 인정해 가면서 별로 다툴 일이 없었다. 그렇게 될 수 있었던 근본은 서로에 대한 신뢰와 반대하는 결혼을 했기에 누구보다 잘 살아서 그분들의 판단이 틀렸다는 것을 보여 주자는 약속이 있었기 때문이었다.

심리학을 전공한 아내는 공부에 뜻이 많았다. 독일에서 3년 생활하는 동안 2년 반을 심리학 석사 공부를 하기도 했다. 아내는 다방면에 관심이 많았고 재능도 많은 사람이다.

아내가 독일에 도착한 다음 날 시차 적응이 안 돼서 피곤할 법도

한데 평소 습관처럼 늦잠을 자고 일어나 보니 식탁에 칠첩반상이 차려져 있었다.

결혼을 실감하는 순간이었다.

독일 생활 첫날이라 장을 본 것도 아니고 남자 혼자 사는 냉장고 안에 식재료라 해 봐야 간단한 몇 가지가 다였는데 칠첩반상이라니.

집사람은 요리에 관심이 많고 잘하는 편이다. 빠른 속도로 여러 요리를 만들어 내는 솜씨가 보통이 아니다.

나중의 일이지만 집사람은 낮에는 중학교 교사로, 퇴근 후에는 육아를 하면서도 요리 학원에 한 번도 가지 않고 인터넷 강의만 듣고 한식과 일식 요리사 자격증을 딴 사람이다.

결혼하고 일 년 만에 나의 몸무게가 10kg 이상 갑자기 늘어난 것도 집사람의 요리 솜씨 덕분(?)이다. 지금도 거절하지 않고 아내가 해 주고 싶어 하는 요리를 다 먹는다면 아마 상상할 수 없을 만큼 몸무게가 늘어날 것이다. 이미 아내는 내가 어떤 날, 어떤 순간에 어떤 것을 먹고 싶어 하고 좋아하는지 나보다 더 잘 알고 있기에 조심하고 거절하지 않으면 큰일이 날 것이다.

1991년 독일 칼스루에 주립오페라단 시절

　칼스루에는 독일 남서부 바덴뷔르템베르크주의 도시로 도심 중앙에 위치한 고풍스러운 칼스루에성으로 유명한 도시다.

　이 성은 빌헬름 칼 3세가 건립했으며 도시 이름 자체도 Karls(칼의) Ruhe(휴식)으로 칼의 휴식처라는 뜻을 가지고 있다. 도시 이름처럼 남부 독일이라 그리 춥지 않고 한겨울에도 파릇한 잔디에 하얀 수선화가 가득한 정원이 너무나 정겨운 곳이다.

　도시 자체가 성을 중심으로 성 뒤쪽은 큰 정원 숲(Botanischer Garten)이 있고 앞으로는 거미줄 형태의 방사형으로 도로와 건물을 지어 골목을 지날 때마다 성이 보이는 독특한 구조로 되어 있다. 꽃을 좋아했던 빌헬름 3세는 이 정원 숲에 수많은 꽃을 심었는데 지금도 튤립 종류만 1,000종이 넘는다.

미국 3대 대통령 토머스 제퍼슨이 독일을 방문했을 때 방사형 구조의 칼스루에에 감명을 받아 미국 수도 워싱턴의 건설 모델로 삼은 것으로도 유명하다.

이곳에서 우리 두 사람은 인생에서 가장 여유롭고 평온한 시간을 보냈다. 외국 생활이라 오로지 두 사람에게만 집중해서, 두 사람만의 시간을 보낼 수 있어서 참으로 좋았다.

이곳에서 내 인생에서 가장 여유로운 나날들을 보내게 되는데 보통 오전 10시에 오페라단에 가서 2시간 정도 연습하고 저녁 공연이 있으면 공연하고 없으면 연습을 하거나 집에서 쉬며 여행과 여가 활동하며 시간을 보냈다. 일요일 오전과 월요일은 휴일이고 화요일부터 토요일까지 오전 연습과 저녁 공연으로 주 5일 근무에 월급은 꽤 높은 편이었다. 집사람은 학교를 다녀와서 거의 매일 저녁 오페라나 콘서트를 보며 어느 때보다도 여유롭고 평온한 시간을 보냈다. 주일이면 교회 마치고 볼링을 치거나 공원을 산책하며 잊지 못할 아이스크림을 원도 없이 먹었다.

칼스루에에서의 이 시간은 내 인생에서 가장 밝고 투명한 수채화 같은 시간들로 남아 있다. 집사람은 아직도 가끔 이 시절을 그리워한다.

칼스루에에는 2차 대전 이후 미군 부대가 주둔하고 있는데 그 미군 부대 안에는 미군들과 결혼해서 남편이 독일로 파병됨에 따라 같이 독일로 와서 계시는 자매님들이 많았는데 칼스루에 한인 교회는 이분들과 유학생이 주축이 되어 구성되어 있었다. 우리 부부는 미군 부대 자매님들과 교류가 많았는데 모두 다 따뜻하고 좋은 분이셨다. 경제적으로 유학생들보다 안정되어 있는 분들이라 유학생들에게 후하게 잘 대해 주셨다.

우리 부부가 독일을 떠날 무렵 대부분 미국으로 돌아가셨지만 지금도 그분들과 연락하며 그때의 추억을 나누고 있다. 나는 칼스루에 한인 교회에 처음 출석한 그날 마침 교회 지휘자가 그만두는 날이라 바로 지휘자로 임명되었다. 나는 묘하게 다른 것은 몰라도 평생 어디에 가든지 교회 지휘자 자리만큼은 단절 없이 계속 연결되었는데 이것 또한 하나님께 너무나 감사하는 일이다.

4장

나의 분신

어느 날 갑자기 2세가 궁금해지기 시작했다. 남자아이일까? 여자아이일까? 어떻게 생겼을까? 날 닮았을까? 아내를 닮았을까? 목소리는 어떨까? 날 닮아 높은음일까? 아니면 아내를 닮아 저음일까? 모든 게 다 궁금했다. 아내를 졸랐다. "미란…. 나 나의 2세가 너무 궁금한데 아이 한 명만 낳으면 안 될까?"

"우리 애 안 가지고 입양하기로 했잖아?"

"아는데…. 그래도 나의 2세가 너무 궁금해. 한 명만 낳고 나중에 입양하면 안 될까?"

"그럼 내 공부는?" 아내는 한국에서 대학을 마치고 독일에서 박사 과정을 위해 부족한 과목들을 공부하고 있었다.

"공부야…. 애 일 년만 키우고 한국에 들어가서 부모님에게 맡기거나 아니면 내가 한국에서 직업을 구해서 당신 학위 끝날 때까지 한국에서 내가 키우고 당신은 다시 돌아와서 공부 마치면 되잖아."

그때는 진심이었다. 진심이 통했는지 순진했는지 모르지만, 아이를 가지기로 서로 합의했다.

이후 아이를 가지기 위해 부모가 건강한지를 알아보기 위해 같이 병원에 가서 신체검사를 했다. 아이를 가져야겠다고 생각한 순간부터 마음에 걸리는 문제가 있었다. 바로 나의 눈이었다. 유전될 확률은? 내가 겪은 이 고통을 아이에게 절대로 물려줄 수는 없었다. 의사의 결론은 100%로 장담은 할 수 없지만 유전될 확률은 희박하다는 것이었다. 안심하고 가족계획에 들어갔다. 정말 신기하게도 계획한 날에 임신할 수 있었던 것 같다.

임신한 아내는 입덧도 없이 뭐든 잘 먹었지만, 특히 우유와 독일 브뢰첸(주먹만 한 빵으로 바게트와 유사), 오렌지를 거의 주식으로 먹었다. 이 3가지는 독일에서 어디를 가도 쉽게 살 수 있는 것들로 아내 임신으로 거의 고생한 적이 없어 고마웠다. 문제는 나였다. 무슨 일인지 아내가 임신했는데 계속 내 속이 말이 아니었다. 비위가 약해지면서 헛구역질을 하는 입덧을 내가 하는 것이 아닌가? 지금도 믿기지 않는 신기한 경험이었다.

예정일 1992년 3월 3일이 지났는데도 아이가 태어나지 않아 걱정이 많았다. 아내가 아이를 낳고 며칠 지나 하이델베르크 대학에서 내 눈 수술이 3월 23일로 잡혀 있었기 때문이었다. 아이가 태어나는 날과 수술하는 날짜가 겹치지 않기를 바라는 마음뿐이었다. 병원에서는 아이가 나오는 정확한 날은 아이만 안다고 했다. 예정일보다 2주 정도가 지나자 담당 의사는 이번 주까지 기다려 보고 산통이 없으면 다음 주 제왕 절개 수술을 하자고 했다. 아이도 수술은 싫었는지 3월 22일 토요일 저녁 6시쯤 진통이 왔고 일요일 아침 수술 없이 자연 분만으로 태어났다.

독일에서는 분만할 때 남편이 같이 따라 들어가야 하기에 두려움과 설렘을 안고 분만실로 들어갔다.

분만 중 진통이 극에 달하는데도 아이가 나오지 않고 산모가 기절하는 지경이 되자 의사는 수술할 것을 권했다. 그 진통으로 기절 직전인 상황에서도 아내는 수술이 아닌 자연 분만으로 낳겠다고 고집을 부리며 그 힘든 진통을 온전히 겪어 내고 있었다.

14시간의 산고 속에 사내아이를 낳았다. 그때 아내는 혼수상태로 위험한 상태까지 빠질 뻔했었다.

처음부터 끝까지 분만의 과정을 지켜본 나는 그럴 일이 없어야 겠지만 이후에 만약 아내와 내가 잘못되어 이혼하게 된다면 아이에 대해 주장할 권리가 나에게는 전혀 없다고 생각했다. 한 생명이 잉태되고 그 생명을 품고 키워서 세상에 나오기까지 '엄마'라는 존재가 감당하고 겪어 내야 하는 것들은 상상을 초월한다. 그 모든 과정을 기꺼이, 기쁜 마음으로 겪어 내고 세상에 생명을 내어놓는데 내가 주장할 것은 하나도 없다는 것을 인정한다. 그리고 이런 고통을 두 번 다시 나의 아내가 겪게 하고 싶지 않아 나의 인생에 둘째는 없다고 마음먹었다.

'엄마', 참으로 위대한 존재들이다. 모든 어머니에게 경의를 표한다.

아이가 태어나자마자 의사가 아이를 확인하라며 내게 보여 주었는데 아이가 달갑지 않고 미웠다. 나의 아내를 너무나 고생시킨 나쁜 녀석….

그런데 아내는 그 고통과 희미한 의식 속에서도 아이를 안고 하나님께 감사하며 손가락 발가락을 세고 있었다. 이게 모정인가?

앞에서도 밝힌 것처럼 아내의 권유로 눈 수술 날짜가 잡혔는데 그날이 아이가 태어난 그다음 날 1992년 3월 23일이었다. 아이가 예정일보다 2주 늦게 태어나는 바람에 나의 수술 날짜와 겹치게 되었다.

주일날 아내와 아들을 병원에 두고 나 혼자 예배를 드리고 다음 날 혼자 하이델베르크 대학 병원으로 가서 수술대에 몸을 뉘었다. 입원실이 나지 않아 수술을 미루자는 교수에게 나는 2번의 수술 경험이 있어 마취가 풀리면 바로 퇴원을 할 수 있으니 입원실이 없더라도 가능한 한 빠른 수술 날짜를 잡아 달라고 무리한 부탁을 해서 잡은 날짜였다. 입원실이 나고 순서대로 수술 날짜를 잡으려면 최소 6개월은 기다려야 할 수 있는 수술이었다. 병실에 있을 아내와 아이가 마음에 걸렸지만 혼자서라도 수술을 받으러 가야만 했다.

나중에 안 사실이지만 내가 착각한 것이 한국에서의 두 번의 수술은 부분 마취로 눈을 뜨고 의식이 있는 상태에서 수술했기 때문에 바로 퇴원할 수 있었지만, 독일에서는 전신 마취를 하고 수술을 하기 때문에 마취가 풀리기까지 회복실과 입원실이 꼭 필요했던 것이다.

수술 후 정신이 조금씩 돌아오는데 주변 간호사들이 왔다 갔다 해서 보니 회복실도 아니고 의료 창고나 준비실 같은 곳에 있었다. 어쨌든 내가 우겨서 한 수술이니 내가 책임져야 한다는 생각에 정신을 차리고 성치 않은 몸으로 퇴원 수속을 밟고 기차를 타고 칼스루에로 돌아왔다.

칼스루에로 도착하자마자 바로 집으로 가서 정장을 갖추어 입고 아내가 입원해 있는 병원으로 달려가 아내와 아들을 만났다. 아들과 정식 첫 대면이라 정장을 입고 싶었다.

아내는 나의 수술 걱정으로 밤을 새웠단다.

서로가 서로의 걱정에 밤을 지새웠던 날이었지만 우리 가족에게는 큰 산을 넘어가는 의미 있는 날이었다. 나의 인생에서 가장 행복했고 감격스러웠던 날이다. 난 이날을 잊지 못한다.

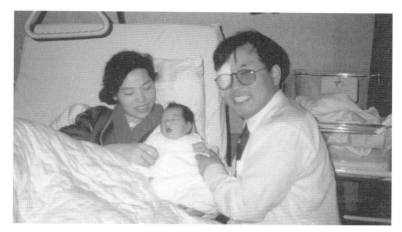

1992. 03. 눈 수술을 마치고 아들을 정식으로 대면하는 날
(내 생에 가장 행복했던 날 중에 하루였다.)

　나는 경상도 남자이기도 하고 어머니에게 무조건적인 내리사랑을 받아서인지 비록 아내에게는 표현이 서툴지만, 내게 이런 면이 있었나 싶을 정도로 아이에게는 사랑을 표현했다.

　지금도 아내가 인정하지만, 아이들을 키울 때 기저귀를 갈거나 목욕시키고, 또한 모유를 먹고 난 다음 트림시키는 일을 도맡아 했다. 아이를 안고 산책하는 일이나 외출할 때는 아이를 전적으로 내가 안고 챙겼다. 새벽에 자다가 아이가 칭얼거리는 소리가 들리면 본능적으로 일어나 졸린 눈을 비비며 아이를 어르고 달래고 잠이 들면 내 가슴 위에 안고 재웠다.

　난 지금도 아이들을 키우던 그 시절이 그립다.

　아마 앞으로 난 분명히 좋은 할아버지가 될 것이다.

5장

또 하나의 나의 분신

1992년 9월, 10년 독일 유학 생활을 마치고 귀국한 나는 레슨과 대학 강사로 생계를 꾸려 갔다. 쥐꼬리만 한 나의 대학 강사 수입을 견디다 못한 아내는 학원 강사로 나섰고 학원 강사를 하다 자신의 주특기를 살려 한식당을 개업했다.

개업한 첫날 먼발치에 서서 식당 손님을 맞이하는 아내를 보니 나도 모르게 눈물이 흘렀다. 면목이 없고 미안했다.

식당 일로 힘들어하면서도 내색 없이 바쁜 아내를 대신하여 아이에 관련된 모든 크고 작은 일을 내가 했다. 이후 아내는 대구에 있는 중학교에 공채 교사로 들어가면서 자연스럽게 식당을 그만두었다.

온 나라가 휘청이던 IMF 시대를 겨우 헤치고 나온 2001년 화창한 가을, 여느 때와 같이 힘겹게 대학 강사 생활을 이어 가던 어느 날 아침이었다. 같이 밥을 먹던 자리에서 집사람이 갑자기 말했다.

"음~ 결혼하면서 약속한 입양 문제인데…. 우리 형편만 생각하고 입양을 계속 미루다 보면 평생 하기 힘드니 힘들더라도 지금부터 조금씩 준비해서 실천해 보는 게 어떨까? 마침 나도 이제 정식 교사가 되었으니 얼마나 감사해. 이제 우리가 한 약속을 지켜야 하지 않을까?"

그때 아내는 기간제 교사에서 정식 교사가 되었다.

그 당시 사립학교 분위기는 주로 결혼하지 않은 남자 총각 선생을 선호하고 가급적 여교사의 채용을 꺼렸던 시절이었다. 거기에 집사람은 다른 지원자들에 비해 나이도 많고, 결혼하여 아이까지 딸린 여자인지라 정교사로의 임용은 사실상 불가능한 상황이었다.

그러나 불가능한 것을 가능하게 하시는 하나님의 도움으로 7:1의 경쟁을 뚫고 기적적으로 정식 교사에 채용된 후였다.

아내랑 결혼하면서 약속한 몇 가지 중 한 가지는 우리의 자식을 가지지 말고 한두 명 정도 입양해서 교육의 기회를 주자는 것이었다.

나도 평소 입양에 대해 긍정적이어서 흔쾌히 약속했고, 한 명은 낳고 한 명은 입양하자고 타협한 상태였다. 그런데 입양은 조금 형편이 좋아지면 하자고 자꾸 미루다 보니 결혼한 지 10년이 넘도록 실천을 못 하고 있었다.

가슴에 찔렸다.

차일피일 핑계 대며 미룬 나의 모습이 부끄러웠다.

"그래, 당신 말이 맞아. 우리가 하나님을 바라보지 않고 어려운 형편만 바라본다면 당신 말처럼 평생 실천하기 힘드니 당장 내일부터 실천해 봅시다."

다음 날 바로 대구에 있는 보육원을 선택하여 방문했다.

방문 목적을 설명하는 데 시간이 많이 걸렸다. 알고 보니 보육원 쪽에서는 적극적으로 입양을 권장하는 분위기는 아니었다. 이유는 감정적인 이유로 입양해서 막상 키우는 과정이 힘들면 파양하는 사례가 많으니 심사숙고해서 결정하라는 것이었다.

우리의 의지를 확인한 원장님은 바로 어떤 여자아이를 우리 부부 앞으로 데리고 왔다.

나이 4세로 이름은 최영은, 아주 예쁜 아이였다.

바로 나의 딸이었다(후에 서동주로 개명했음).

맞벌이 부부라 영아를 입양할 수가 없어 어린아이를 공개 입양하기로 했다.

영은이는 나를 보자마자 아빠라 부르며 나의 품에 안겼다.

놀라우면서도 기분이 묘했다.

그렇게 주말 위탁 가정의 부모로 주말에 아이를 데리고 와서 같이 지내다가 주일 저녁에 다시 보육원으로 돌려보내는 생활을 2달 정도 했다.

영은이를 위탁하며 느낀 점은 보육원 아이들은 본능적으로 버림을 받는 것을 두려워한다는 사실이다.

사실 우리 영은이는 갓난아이일 때 보육원에 입소한지라 그것에 대한 감각이 있을까 싶었는데 의외로 강했다.

예를 들면 아내 없이 나 혼자 보육원에서 영은이를 데리고 나올 때 영은이를 안고 차 뒷문을 열어 아이를 앉히고 안전벨트를 채운 후 뒷문을 닫으면 바로 자지러지게 우는 것이다. 내가 바로 앞문으로 타서 운전석에서 아이를 아무리 어르고 달래도 소용이 없었다.

그땐 바로 내려서 영은이를 다시 안고 운전석 앞문으로 같이 타서 차 안에서 아이를 뒷좌석으로 옮겨야 조용해졌다.

비록 한 공간이지만 서로 다른 문으로 타는 것조차 버림받는 걸로 느끼는 것이다. 마음이 아팠다.

2달의 위탁 가정 적응 기간을 마치고 영은이를 입양하려고 하니 가족의 반대가 있었다.

그중 한 분은 우리 아버지셨는데 강하게 반대는 하지 않으셨지만, 자고로 머리 검은 짐승은 거두는 게 아니라는 말씀으로 자신 없으면 시도조차 하지 말라고 완곡하게 반대하셨다.

이런 아버지도 영은이를 김천 본가에 데려가 보여 드리니 영은이를 품에 안으시면서 너무 좋아하셨다. 아버지는 마음은 따뜻하신 분이셨다.

그러나 의외의 반대자는 바로 아들 강이였다.

"강아! 네가 영은이 입양을 반대하는 이유를 아빠는 알고 싶다."

"아빠, 저는 영은이를 싫어하지 않아요.

지금 학교 친구들이나 교회 친구들은 내가 혼자라는 걸 다 알고 있는데 갑자기 영은이가 내 동생으로 온다면 친구들 모두가 입양된 아이라는 것을 알 것이고, 그러면 영은이가 아이들에게 놀림을 받을 텐데 그것을 들어야 하는 게 너무 힘들 것 같아요."

초등학교 4학년 녀석의 입에서 나온 말이었다.

고맙고 기특했다.

"그것은 네가 걱정할 문제가 아니고 부모인 엄마 아빠가 걱정할 문제이니 그냥 너는 좋은 오빠가 되어 주면 되는데, 안 되겠니? 아빠가 부탁하마."

지금도 이 녀석은 여동생을 자기 딸처럼 걱정하고 챙겨 주고 있다.

2002년 2월 그렇게 영은이와 우리는 한 식구가 되었다.

물론 공개 입양을 하고 영은이가 사춘기를 지날 무렵에 어렵고 힘든 적도 많았지만 그만큼 기쁨도 많았고 지금은 한 가족임을 정말 감사하며 잘 지내고 있다.

5막

콘 푸오코
(불꽃처럼 열정적으로)

1장

호구지책

    1992년 귀국한 이후 여러 대학과 예술고등학교에서 강사 생활을 했다. 강사 생활을 하면서 가장 힘들었던 것은 강사 채용권을 쥐고 있는 교수님들에게 불려 가 비위를 맞추어야 하는 상황들이었다. 좋은 관계를 위해서는 접대가 아니더라도 어느 정도의 자리가 필요하다는 것은 받아들일 수 있지만 그 선을 넘는 경우가 많았다. 그런 자리를 피하면 기본적인 예의가 있니 없니로 시작해서 인격적인 모욕까지 서슴지 않았다.

    언제 어디서나 하는 일이 문제가 아니라 관계가 사람을 제일 힘들게 한다는 것을 알지만 참으로 견디기 힘들었다.

    그 당시 강사 강의료라는 것이 교통비와 식비를 제하고 나면 수입이랄 것도 없는 상황에서 계속해서 부딪히는 관계 갈등은 해소가 되지 않았다.

물론 인격적으로 대해 주신 교수님들도 계셨지만, 권력자의 비위를 맞추는 데는 선천적으로 소질이 없고 바른말이라면 눈치를 안 보고 직언하는 성격이라 여간 힘든 게 아니었다.

교수님 중에는 강사 보기를 아주 우습게 알고 마음대로 행동해도 괜찮다고 생각하시는 분들이 있었다. 예를 들면 오페라 워크숍 시간에 지휘자가 필요하다며 나를 불러서 한 학기 동안 지휘를 시켜 놓고는 강사료를 전혀 주지 않은 일도 있었다(나중에 다른 교수님이 이를 알고 뒤늦게 강사료를 챙겨 주셨다).

나의 처지에서는 불합리하다고 느꼈지만 어찌해 볼 도리가 없는 경우가 많았다.

또한 강사들끼리도 서로 살기 위해 각자도생의 길을 가다 보니 서로 헐뜯고 제자 레슨 하나를 두고도 서로가 다투는 경우가 비일비재하였다.

어느 분야나 마찬가지겠지만 음악 자체는 아름답고 너무 좋았지만, 그 구성원들 속에서 일어나는 일들은 때로는 추악했고 음악 자체에 환멸까지 느끼게 했다.

이렇게 음악 활동을 해 나가는 것이 무슨 의미가 있는지 회의가 들기 시작할 무렵 1997년 IMF를 맞았다. 모든 사람이 어려웠고 위축될 때 대학에도 구조 조정이 있었다. 기존에 있던 강사들을 모두 정리하고 새로운 강사들로 교체하면서 강사 수를 줄이는 구조 조정이었는데 나도 거기에 포함되었다.

그렇지 않아도 음악에 회의를 느끼고 있던 참에 구조 조정이라, 울고 싶었던 참에 뺨을 때려 주니 한편으로 시원했다. 이참에 아무 미련 없이 음악계를 떠나리라 마음먹었다. 신앙의 양심에 따라 교회 지휘자와 선교 합창단 지휘자만 두고 모든 음악 활동을 접었다.

그리고 무엇을 할까 고민하다 IMF 시대를 생각했다. 회사가 망하고 가게들이 문을 닫고 실업자가 속출할 때 이들이 어디로 갈까?

그들의 일부는 길거리 장사로 나올 수 있다고 생각했다.

길거리 포장마차를 현대화하고 업종을 다양하게 하여 그들을 흡수하면 되겠다는 생각에 고급 스낵 카 사업에 뛰어들었다. 안양에서 친구와 더불어 사업을 시작했고 친구 집에 얹혀살며 가끔 공장에서 숙식할 정도로 열심히 했다.

그러나 그 결과는 처참한 실패였다. 아이디어만 있었지, 스낵 카에 대한 이해와 지식이 너무 부족했다.

지금 생각하면 시도는 좋았으나 참으로 어리석고 한심한 결정이었다고 생각한다. 그러나 그때의 실패 경험은 나를 더 단단하게 만들어 주었던 것 같다.

사업은 1년을 못 채우고 정리했다. 사업을 정리한 후 무엇을 하면 먹고살 수 있을지 고민했다.

배운 것이라고는 음악뿐이었고 잘하고 좋아하는 것이 성악밖에 없으니 다른 수가 없었다. 다시 음악을 하기로 마음먹었다. 그러나 다시 대구 음악계로 돌아가는 것은 자존심이 허락하지 않았다.

궁리 끝에 김천예고 이신화 교장 선생님을 찾아갔다. 이신화 교장 선생님은 김천예고를 설립하시기 전 내가 중학교 1학년에 입학했을 때 한일중학교 교장 선생님으로 부임하셨다. 내게는 중학교 은사님이셨고 김천 예술계의 원로이신지라 답답한 마음에 찾아뵙고 조언과 도움을 청하고자 했다.

이신화 교장 선생님은 마음이 아주 따뜻한 분이다.

아주 젠틀하신 모습처럼 속마음도 젠틀하신 분으로 어려운 사람을 보면 못 본 체하지 않으시고 꼭 도와주시려고 하는 측은지심이 아주 강하셨던 분이시다. 후에 호중이같이 어려운 학생들이 콩쿠르를 나갈 때쯤에는 불러서 맛있는 거 사 먹으라고 5만 원씩 손에 쥐여 주시곤 하셨던 분이다.

교장 선생님을 찾아뵙고 며칠이 지난 어느 날 교장 선생님께 전화가 왔다.

"서 교수!" 그땐 강사인 나를 서 교수라 부르셨다.

"김천에 있는 김천시 합창단 지휘를 맡아 한번 해 보겠는가?"

김천시 합창단은 옛날 이안삼 선생님께서 창단하여 지휘하셨고 잠시나마 집사람이 합창단원으로 있었기에 나랑은 꽤 인연이 깊은 합창단이었다.

"저야…. 기회를 주신다면 한번 맡아 열심히 해 보겠습니다."

찬밥 더운밥 가릴 처지가 아니었다.

지금도 이신화 명예 교장 선생님을 생각하면 내가 가장 어려웠을 때 손을 내밀어 도움을 주셨던 분으로 감사하게 생각하고 있다.

그렇게 1999년 김천시 합창단 지휘를 맡게 되었다. 새 천 년의 시작에 전 세계가 들떠 있었던 2000년 가을에 김천시 합창단 정기 연주회를 김천예고 강당에서 가졌다. 그때 교장 선생님이 연주회를 지켜보시고는 "서 교수, 김천예고 성악과를 한번 맡아 운영해 보시겠는가?" 물으셨다.

역시나 찬밥 더운밥 가릴 처지가 아니었으니 바로 승낙하고 2001년부터 김천예고 성악과 감독으로 일주일에 3일 정도 출근하며 성악과 아이들의 전공을 담당하기 시작했다.

그러다 2004년 풀타임 전임 강사로 제안을 받았고 그때부터 매일 출근하여 일반 음악 수업과 합창 그리고 레슨을 하는 전임 강사로 근무하게 되었다.

20년 전 그렇게나 하기 싫어 단칼에 거절하고 뒤도 안 돌아보고 독일로 떠났던 중등 교사 자리! 20년을 돌고 돌아 그 자리에 돌아와 선 자신을 본다. 참 인생이란 것이 뭔가 싶었다. 다시 시간을 돌려 대학을 졸업하던 시간으로 돌린다면 난 어떤 선택을 할 것인가? 20년 후 중등 교사 자리로 돌아온다고 하더라도 난 똑같은 선택을 할 것이다. 독일 유학의 길을!

20년 전 유학을 가지 않고 중등 교사 생활을 했다면 지금은 탄탄

한 연금에 안정적인 생활이 보장되었겠지만 난 분명 그 반복되는 생활을 견디지 못했을 것이다. 일반 학교에서 음악 선생님의 역할을 오래 할 수는 없었을 것이다.

예고에서 그렇게 오랫동안, 강사라는 불안전한 신분임에도 신나게 일할 수 있었던 것은 우수한 학생들을 발굴해 내고 레슨하고, 정기 연주회 공연과 합창 지휘를 하며 좋은 강사들을 발굴하고 채용하는 등 다양한 분야의 일을 소신껏 할 수 있는 기회가 있었기 때문이다.

나를 믿고 여러 가지 기회와 재량권을 주신 이신화 명예 교장 선생님께 감사하다. 이신화 명예 교장 선생님을 통해 그동안 갈등스러웠던 대학 강사 생활을 접으면서 대학교수와 연주가에 대한 모든 바람도 접고 새로운 시작을 하게 되었다.

이렇게 20년 만에 돌아온 자리에 어떤 의미가 있는지 그때는 호구지책을 위한 안정적 자리가 필요했었던 때라 그 어떤 것도 돌아볼 마음의 여유가 없었다.

이렇게 난 다시 20년 만에 내 고향 김천으로 돌아왔다.

2장

인생의 터닝 포인트
(지극히 작은 일에 충성하라!)

나도 한때는 꿈도 많고 의욕도 넘치고 위트와 유머도 많았지만, 사실 난 승부 근성과 돈에 대한 욕심이 별로 없다. 그러니 누구와 맞서게 되면 싸워서 이길 생각을 하지 않고 서로 안 보면 된다는 맘으로 피하거나 도망가기 일쑤였다. 그러니 대구 음악계에서 도망쳐 김천 고향으로 도망 왔던 것이다.

이렇게 승부욕이 없는 사람이 꿈조차 잃어버리고 호구지책으로 맡은 교사다 보니 이렇다 할 의욕이나 열정이 없었다.

교사로서 매일 교단에 서면서 자괴감과 회의에 빠져들었다. 무기력에 빠진 교사와 함께하는 아이들 역시 달라진 모습을 기대할 수 없었다.

내가 근무하기 시작한 김천예고 성악과는 그때까지 잘하면 서울

중상위권 대학에 진학하는 정도에 만족하는 존재감이 크지 않은 학교였다.

학생도 교사도 학교도 그 정도가 당연한 듯 받아들이고 각자의 자리에서 멈춘 듯 시간만 흘러가고 있었다.

그렇게 4년쯤 지난 어느 날이었다.

평소처럼 성경을 읽고 있었다. 마태복음 25장.

마태복음 25장의 달란트 비유 말씀은 평상시 내가 성경에서 은혜를 못 받고 불만을 느끼던 대표적인 구절이었다. 사람에 대한 불공평이 느껴져 내게는 나 자신과 비교해 불만이 많았던 구절이었다.

마태복음 25장은 먼 타국으로 떠나는 주인이 종 세 명을 불러서 한 사람에게는 금 다섯 달란트, 또 한 종에게는 금 두 달란트, 그리고 또 한 종에게는 금 한 달란트씩 나누어 주며 장사를 시키는 장면이 나오는데 능력에 따라 차등하게 나누어 주었다지만 그러면 그 능력은 왜 차등을 두셨는지 나는 항상 불만이었다.

그리고 로마서 9장의 토기장이 비유는 귀히 쓸 그릇과 천히 쓸 그릇을 만드는 것은 하나님의 절대적인 권리며 그릇이 토기장이에게 어찌 나를 이렇게 만들었냐고 말할 수 없다는 내용인데 이 또한 나의 처지와 비교해 너무나 불합리한 내용이라 생각했다.

누구는 좋은 부모의 부유한 가정에서 외모도 잘생기고 명석한 머리에 많은 재능을 가지고 태어났다면 누구는 가난한 가정의 부모 밑에서 못생기고 장애를 가지고 태어나 머리도 안 좋고 공부해도 능률도 안 오르고 평생 어렵게 살아가야만 한다면 어찌 공평하신 하나님이라고 말씀하실 수 있는가?

반감이 많이 생기는 구절들이었다.

그날도 반감을 누르며 마태복음 25장을 읽고 있었다. 그다음 내용으로 주인이 돌아와 계산하는데 다섯 달란트를 받은 종이 나와서 주인이 준 다섯 달란트로 장사를 하여 다섯 달란트의 이윤을 남겨 열 달란트를 내놓으니 주인이 "**착하고 충성된 종아 네가 작은 일에 충성하였으매 내가 많은 것을 네게 맡기리니 주인의 즐거움에 참여할지어다.**"라고 축복을 하는 장면이 나온다. 곧이어 이어지는 장면에서는 두 달란트를 받은 자도 다섯 달란트를 받은 자와 같은 노력을 한 결과 주인으로부터 똑같은 축복을 받는다. 다만 한 달란트를 땅에 묻어 두었다가 그냥 한 달란트만 가지고 온 종은 주인에게 저주를 받고 쫓겨나는 장면이 나오는데 나는 이 부분에서 옛날 독일 본(Bonn)에서 성경 말씀을 읽다가 은혜를 받은 것처럼 커다란 해머로 머리를 맞는 기분이었다.

"**지극히 작은 일에 충성하였으매**" 이 말씀이 나의 인생을 바꾸어 놓은 말씀이 되었다.

나는 다섯 달란트, 두 달란트, 한 달란트의 불공평에만 신경을 썼는데 그것보다 하나님은 아무리 작은 일이라도 충성하였는지 안 하였는지가 중요한 것이었다.

즉, 받은 달란트 양의 많고 적음의 문제가 아니라 얼마를 받았든 받고 난 다음 그 달란트를 가지고 무엇을, 어떻게 했느냐가 문제였다.

만약에 한 달란트를 받은 종도 자기가 받은 분량 안에서 최선을 다해 노력하였더라면 다섯 달란트와 두 달란트를 받은 종과 같은 축복을 받았으리라 생각하니 그동안 주어진 것에 감사하지 못하고 시시콜콜한 일은 쳐다보지 않고 불평불만만 쏟아 놓았던 나의 생활 태도를 돌아보게 되었다. 부끄러웠다.

내 이름이 나고 얼굴이 드러나고 출세할 수 있는 일이라면 열심히 하였지만 별 볼 일 없는 일은 쳐다보지 않고 건성으로 대충대충 넘겼던 나였다.

그날 이후 난 내가 할 수 있는 모든 것에서 달라지기로 마음먹었다. 사소하지만 실천할 수 있는 일부터 시작했다.

아침 8시까지 출근하여 8시 10분 첫 수업을 부리나케 들어가던 것을 바꾸어 한 시간 일찍 7시에 출근하여 수업 준비와 더불어 모든 교실을 돌며 창문을 열고 환기를 하고 지저분한 것들을 치우며 쾌적한 수업 분위기를 만들려고 노력했다. 잠이 많고 특히 아침에 일어나는 일을 힘들어했는데 그 생활 습관부터 바꾸었다. 눈에 띄는 내가 할 수 있는 모든 일을 성실히 했다. 일의 크고 작음에 상관없었다.

수업 시간 이후에도 자발적으로 저녁까지 남아 시간 외 수당 등 아무런 대가 없이 아이들을 지도하기 시작했다. 그리고 좋은 성악 강사들을 찾아 수소문하기 시작했다. 어떤 강사는 삼고초려를 하여 모시기도 했다.

교회에서도 화장실 청소부터 식당 청소까지 자원하여 토요일마다 봉사했으며 성가대도 매주 일찍 가 보면대 정리부터 악보 정리까지 남들이 알아주든 말든 보이지 않게 작은 일들을 도맡아 봉사했다.

비록 나에게 주어진 지극히 작은 일이 어떤 일인지는 몰랐지만 주어진 그 어떠한 일에도 최선을 다하려고 노력했다.

또 다른 깨우침으로는 매년 큰 교회에서는 부활절이나 성탄절에 1년에 한 번 정도는 헨델의 〈할렐루야〉를 연주하는 경우가 많다. 우리 교회도 대형 교회라 1년에 한 번 정도 오케스트라 반주에 〈할렐루야〉를 찬양할 때가 종종 있었다.

어느 날 교회 예배 후 〈할렐루야〉를 지휘하고 나오는데 어떤 분이 오셔서 내가 너무 부럽다고 말하였다. 자신의 평생소원 중 하나가 오케스트라 반주에 〈할렐루야〉를 한 번 지휘해 보는 것이라고 했다.

순간 부끄러웠다. 별다른 감흥 없이 습관적으로 하는 나의 평범한 일상이 누군가에게는 평생의 소원이 될 수 있다는 사실과 나에게 주어진 이 작은 일이 얼마나 소중한 일인지 새삼 느끼게 되어 번쩍 정신이 들었다.

이렇게 생활 방식을 바꾼 지 1년 정도의 시간이 지난 어떤 날 평소처럼 일찍 출근하여 교무실에서 수업 준비를 하고 있었다. 실기 시험을 앞두고 있는지라 성악과 학생 한 명이 일찍 등교하여 연습실에서 연습하는 소리가 들렸다.

그런데 이상한 느낌이 들며 갑자기 아이의 노랫소리에서 연습하는 모습이 연상되었다.

어깨에 힘이 들어가고 턱이 빠져 후두가 막혀 있는 모습이 선명하게 연상이 되었다. 바로 자리를 박차고 일어나 학생이 연습하는 연습실로 가서 창문 너머로 학생을 보니 내가 연상했던 그 모습 그대로 연습하는 것이었다.

그날부터 성악과 아이들의 소리 하나하나가 신체 구조와 연관되어 귀에 들리기 시작했다.

성악 교사로서 귀가 뚫리는 순간이었다.

성악가로서 노래할 수 있는 성대를 잃은 대신에 하나님은 교사로 들을 수 있는 귀를 열어 주셨다.

"When one door is closed, the Lord opens the other(주님은 한쪽 문을 닫으시면 다른 쪽의 문을 열어 주신다)."라는 영화 〈사운드 오브 뮤직〉의 대사가 생각났다.

명의(名醫)의 치료는 정확한 진단에서 시작되듯이 유능한 음악 교사는 정확하게 들을 수 있는 귀에서 출발한다.

기분이 묘했다.

음악의 '음' 자도 모르던 내가 고등학생이 되어서 뒤늦게 성악을 하면서 박자감이 둔해 고생을 하던 시절에 **빗소리를 듣고 박자에 대한 도가 터지던 순간** 이후 두 번째로 **듣는 귀가 터지게 된 것**이다.

아이들의 구강 구조와 신체 근육 사용의 특징에 따라 가르칠 수 있게 되자 아이들의 성장은 눈에 띄게 좋아졌으며 그와 더불어 대학 입시 성적도 놀라울 정도로 향상되었다. 서울대를 비롯하여 한예종 등 서울의 일류 대학에 학생들이 진학하기 시작했다.

이에 덩달아 가르치는 교사로서 자신감이 생겼으며 배우는 아이들과 신뢰도 높아져 가르치고 배우는 과정 모두가 즐거웠다.

가장 큰 변화는 교사로서 나의 자존감을 회복할 수 있었다는 것이다.

3장

기도 응답의 선물 호중이

"건축자의 버린 돌이 집 모퉁이의 머릿돌이 되다."
시편 118:22

때로는 하나님의 기도 응답은 우리가 전혀 예상하지 못한 때에 예상하지 못한 모습으로 나타날 때가 있다. 나에게는 호중이가 그랬다.

2008년 늦은 봄 내가 예전에 강사로 근무했던 대구에 있는 예술고등학교에서 평소 알고 지내던 지인으로부터 전화가 왔다. 자기 학교 성악과 학생 중 권고 자퇴 위기에 놓여 있는 학생이 한 명이 있는데 테너로 소리는 아주 좋아 그냥 두기에는 아까운 학생이라 김천예고에서 받아 주면 좋겠다는 내용이었다.

자퇴 권고까지 받은 문제 학생이라 주저하다가 테너로 소리가 좋다니 호기심이 생겨 소리를 들어 보고 결정하겠다고 말하며 학생 편으로 학생 생활기록부를 같이 보내 주면 보고 종합해서 판단하겠다고 답하고 전화를 끊었다.

학생과 통화가 되어 2008년 5월 말 어느 토요일 오전 10시에 학생이 다니는 학교 근처 〈동서음악사〉 서점 앞에서 만나기로 약속했다. 토요일 당일 평소 습관처럼 약속 시간보다 조금 일찍 서점에 도착했다. 약속한 서점의 골목길은 늦은 봄비가 내리는 주말 아침이라 지나는 사람이 아무도 없어 스산할 정도로 적막했다. 서점도 문을 닫은 상태라 서점 앞에서 학생이 오기만을 기다렸다. 서점 처마 밑에서 비를 피하며 기다리고 있는데 전화벨이 울렸다.

"여보세요~"

"여보세요! 선생님, 저 오늘 만나기로 한 학생인데 선생님 지금 어디 계세요?"

"응~ 나 지금 〈동서음악사〉 앞에 와 있는데 너는 어디냐?"

"네~ 저도 〈동서음악사〉 근처인데 금방 가겠습니다."

"알았다. 빨리 오너라. 올 때 노래할 악보도 가지고 오너라."

얼마 안 있어 곡목 길 저편에서 검은 남방에 검은 바지와 검은 구두를 신은 한 사람의 모습이 보였다. 순간 묘한 긴장감이 감돌았다. 멀리서 보이는 모습이었지만 한눈에 봐도 걸어오는 포스가 장난이 아님을 느낄 수 있었다. 보통 사람의 모습이 아니었다. 다부

진 어깨에 어기적거리며 걷는 모습이 누가 봐도 범상치 않은 모습
이었다.

"설마 저 사람은 아니겠지….." 애써 현실을 외면하고 싶었다.

"아마도 지나가는 사람일 거야….." 혼자 중얼거렸다.

시선을 외면하고 찌푸린 하늘을 쳐다보며 이 사람이 지나가기만
을 기다리는데 발걸음이 내 앞에서 멈췄다.

"선생님 안녕하십니까? 전화드렸던 학생입니다. 김호중이라고
합니다."

김호중!

이렇게 해서 만난 호중이는 미래의 나의 운명을 송두리째 바꾸
어 놓을 아이였다. 이 만남이 장차 나나 호중이의 인생을 어떻게
변화하게 할지 전혀 모르고 우리는 그렇게 만났다.

이후 호중이의 전학 과정과 학교생활은 이미 여러 언론과 인터
뷰에서 밝혔기에 다시 지면을 빌려 서술할 필요는 없으리라 생각
하지만, 어쨌든 하나님께서는 과거에 이안삼 선생님을 만날 때도
그랬듯이 호중이를 만나게 하시면서 내 인생에 적극적으로 간섭하
시면서 만남으로 축복의 통로를 열어 주셨다.

나의 인생을 가엾게 보신 하나님이 나의 간구와 기도에 귀를 기
울이시고 응답하시면서 호중이라는 선물을 보내 주신 것이다.

호중이는 그 누구에게는 버려진 돌이었지만 내 인생에서는 모퉁이의 머릿돌이 되었다.

호중이를 통해 연예인으로, 공인으로 살아가는 것이 얼마나 힘들고 가혹한지 많이 경험했다.

물론 호중이는 학생으로서 아무나 겪기 힘든 질풍노도의 학창시절을 보낸 것도 사실이다.

그러나 내가 알고 있는 호중이는 외로움을 몹시도 싫어했고 마음도 여려서 겉모습과 달리 겁도 많은 아이였다.

실상은 눈물이 많으면서도 "남자는 평생 3번만 울어야 한다."라고 허세를 부리는 아이이기도 했다.

모범생보다는 공부는 못하더라도 의리가 있는 친구들을 좋아했고 또 좋아하는 여학생 앞에서는 부끄러워 내 뒤에서 쭈뼛거리다 그 여학생이 지나가고 난 뒤에야 "선생님, 저는 저 애가 좋습니다."라며 나에게 귓속말하며 깔깔거리며 아기 웃음을 짓는 아이였다.

이런 아이가 이제 온 국민이 다 아는 유명한 연예인으로 살아가야 하니 걱정이 앞선다.

그러고 보니 새삼 나는 나의 평범함이 주는 이 평안함과 소소하지만 따뜻하고 조용한 이 행복이 좋아진다.

그리고 또 이 지면을 빌려 호중이 아버님과 어머님 두 분에게 감사를 드린다.

서로의 아픈 과거사를 떠나 각자 힘든 상황에서도 호중이가 학교에 다니는 동안 자신의 위치에서 나름대로 자식을 위해 애써 주신 것에 대하여 교사로서 감사를 드린다.

특히 호중이에게 훌륭한 재능을 물려주셔서 감사드린다. 물려주신 그 재능이 호중이 자신의 인생은 물론이고 호중이 노래를 듣는 많은 이에게

세상을 향한 꿈과 도전으로,

상처받은 이들에게는 위로와 어루만짐으로,

꽉 막힌 오랜 답답함을 안고 사는 이들에게는 속이 시원하도록

'뻥' 뚫어 주는,

그 누구도 쉽게 할 수 없는 일을 호중이가 하고 있으니 말입니다.

"기다림과 감동이 없는 교육은 내일이 없는 사람의 오늘과 같다."

어느 인터뷰에서 기자가 나에게 교육 철학이 무엇이냐고 물었을 때 나는 지체 없이 '감동과 기다림'이라고 말했다.

내가 이런 교육 철학을 가지게 된 계기는 호중이를 가르치며 교육에서 기다림이 얼마나 중요한지 그 중요성을 깨달았고 서로 소통하며 느끼는 감동이 없이는 변화도 없다는 사실 또한 깨달았기 때문이다.

이것은 교장으로 학교를 경영하면서도 지켜진 나의 학교 경영 철학이기도 했다.

2008년 정기연주회를 마치고 제자 혜원, 호중, 재명이와 함께
(트바로티 역사가 시작된 날이다.)

4장

영화 〈파파로티〉

잘 알려진 대로 2009년 〈스타킹〉 출연 후 한바탕 유명세를 치렀
다. 그리고 어느 정도 시간이 지나 영화사 작가라는 분에게 한번
만나고 싶다는 전화가 왔다. 거절할 이유가 없어 토요일에 서울에
서 작가와 미팅을 잡았다. 호중이와 같이 서울에서 작가를 만났는
데 처음 본 작가의 인상은 굉장히 똑똑해 보였고 동그란 안경 너머
보이는 눈빛은 선하고 맑아 보였다. 믿음이 가는 인상이었다.

자신을 아직까지 대표작이 없는 무명작가라 소개하며 〈스타킹〉
에서 호중이와 나의 모습을 보았는데 두 사람 사이에 굉장한 스토
리가 있는 것 같아 만나서 이야기해 보고 영화로 만들어 보고 싶다
고 했다.

이 작가는 나중에 〈7번방의 선물〉과 〈82년생 김지영〉으로 유명
해진 유영아 작가이지만 처음 만날 당시에는 뚜렷한 대표작이 없

는 무명작가였다. 영화를 만들기로 합의를 보고 몇 번의 인터뷰를 거쳐 시놉시스가 나왔는데 감동적이었다.

예고에서 신입생 학생들이 들어오고 첫 수업을 들어가면 학생들이 항상 "선생님, 영화 〈파파로티〉처럼 진짜로 조폭 두목을 만났습니까?" "선생님, 콩쿠르를 그렇게 난장판으로 뒤집었습니까?"라고 꼭 물어본다.

영화 〈파파로티〉의 극적인 장면에 감동한 분께는 죄송스러운 이야기지만 이 두 장면은 픽션이다. 영화에 재미있는 요소들을 집어넣다 보니 영화 〈파파로티〉에는 픽션이 많이 들어가 있었다.

영화에는 내가 콩쿠르에 지각한 호중이를 위해 노래라도 한번 할 수 있게 해 달라고 야단법석을 떠는 장면이 나오는데 이것 또한 픽션이다. 나는 그렇게 콩쿠르에서 야단법석을 떤 적이 없었다. 그리고 가장 큰 픽션은 호중이가 비록 질풍노도의 시기를 심하게 겪기는 했지만, 영화처럼 그렇게 조폭 집단에 가입하여 활동한 적이 없었다. 그러니 당연히 내가 조직 폭력배 두목을 찾아가 만난 적도 없다.

작가로부터 전화가 왔다.

"선생님, 영화에서 선생님과 호중이를 좀 많이 망가트려도 되나요?"

"어차피 영화는 픽션이 많이 들어가니 작가님 마음대로 하세요."

이것이 나중에 호중이가 조폭설에 휘말리며 이미지가 안 좋아지는 계기가 될 줄은 몰랐다.

최종 시나리오가 나오고 배우를 찾는데 호중이 역할의 이장호 역에는 영화배우 이제훈 씨가 일찍 결정되었지만, 나의 역할을 할 한상진 역에는 마땅한 배우가 없어 애를 먹은 걸로 알고 있다.

나는 속으로 영화배우 최민식 씨나 김윤석 씨가 해 줬으면 하는 바람이 있었다. 나의 이미지와도 조금 비슷하고 어울리는 듯했다.

그러나 최민식 씨는 영화 〈꽃 피는 봄이 오면〉에서, 김윤석 씨는 영화 〈완득이〉에서 비슷한 캐릭터로 이미 출연했기에 다른 연기자를 찾는 데 어려움이 있었다고 한다.

그런데 작가로부터 영화배우 한석규 씨가 경상도 사투리만 아니면 본인이 〈파파로티〉 한상진 역할을 하고 싶어 한다는 소식을 들어 정말 기뻤다.

첫째 나하고 전혀 닮지 않은 미남 배우가 나의 역할을 해 주는 것에 기뻤고, 둘째는 내가 한석규 씨를 너무 좋아하기 때문이었다.

그때부터 한석규 씨가 나의 역을 맡아 주기를 마음속으로 학수고대하며 기다렸다.

그러나 생각보다 영화는 진척이 더뎠고 시간이 지나면서 시나리오가 사장될 위기도 여러 번 겪었다. 물론 그사이 다른 영화사에서도 더 좋은 조건을 제시하며 연락이 왔지만 한번 한 약속을 번복하기는 싫었다.

기다리고 또 기다렸다.

기다리다 보니 2013년에야 영화가 개봉되었다. 내가 서울 출신으로 지방에 내려와 음악 교사를 하는 것으로 영화 시나리오도 바뀌어서 경상도 사투리 없이 서울말로 한석규 씨가 맡아 연기해 주었고 호중이 역에는 이제훈 씨가 그대로 맡아 열연하여 〈파파로티〉라는 영화가 탄생했다.

영화 시사회 날 유영아 작가는 나를 찾아와 그동안 오랜 시간 무명이었던 자기를 믿고 기다려 주어서 고맙다고 인사를 했다.

6막

돌체 칸타빌레
(아름답게 노래하듯이)

1장

힘들었지만 행복했던
교사 생활

매년 2월이면 어김없이 겪는 졸업식에서는 항상 묘한 기분에 휩싸이곤 했다.

아쉬움과 뿌듯함, 걱정과 대견함….

하지만 2010년 2월 졸업식을 앞두고는 여느 해와는 다른 졸업식을 맞이했다. 평생 처음 경험하는 조금은 부산스러운 졸업식이었다. '드디어 해냈구나!'라는 스스로에 대해 자랑스러움과 우쭐함이 있었다.

졸업식은 〈스타킹〉에서 우승한 명성만큼 사회 각계각층의 주요 인사들이 저마다의 이유를 가지고 많이 참석한 가운데 진행되었다.

원래 졸업식에는 졸업생이 주인공인지라 졸업생이 축하 무대를 꾸미는 일은 흔치 않은 일이지만 나와 졸업생인 호중이 그리고 재명이가 함께 무대에 올라 3테너의 무대로 축하 공연을 하기로 했다.

같은 성악과 졸업생인 혜원이의 반주로 〈넬라 판타지아(Nella Fantasia)〉를 부르기로 하고 3명이 같이 연습했다. 반주를 한 혜원이는 한예종을 수석으로 졸업하고 독일로 건너가 현재 독일 베를린 방송합창단 단원으로 활동하고 있다. 성악과임에도 피아노 실력이 출중하여 성악과 반주를 하는 일이 자주 있었다.

김호중, 이재명, 서수용의 3테너, 나의 인생에서도, 교사 생활을 하면서도 처음 있는 일이었다. 졸업생과 함께 졸업 축가를 부르는 일은 평생 잊지 못할 멋진 추억의 한 장면이 될 것이다.

호중이, 재명이, 혜원이를 비롯해서 그해 성악과 졸업생들은 유난히 끈끈한 유대 관계가 있었다. 함께 부대끼며 엎치락뒤치락했던 수많은 에피소드로 정이 들 만큼 들어서 보내기가 많이 아쉬웠던 아이들이었다.

제자이지만 실력으로 어디 내놓아도 손색이 없는 멋진 아이들과 함께하는 공연이 너무나 감격스럽고 자랑스러웠다.

복받치는 마음을 숨기고 가능한 한 담담하게 평소처럼 내색하지 않고 공연을 마치고자 무던히도 애를 썼다. 3테너의 공연을 마치고 무대를 내려와 무대 뒤에서 아이들을 보는 순간 누가 먼저랄 것도 없이 가슴 벅참을 감당할 수 없어 서로 부둥켜안고 통곡하며 한

참을 울었다.

"이렇게 멋진 모습으로, 잘 자라서 졸업하는 너희가 너무나 장하고 대견스럽다. 고맙다. 정말 고맙다."

그해 성악과 졸업생이 10명 정도였는데 호중이는 한양대 4년 전면 장학생으로 그리고 재명이는 서울대 장학생으로 혜원이는 비록 수능에서 실수하여 재수를 하였지만, 한예종 수석으로 입학하였고 또 한 명의 제자는 한양대 수석으로 입학했다.

호중이에 대해서는 서울대 교수도 관심이 많아 서울대에 진학할 수 있도록 해 달라며 별도의 부탁을 할 정도였지만 그 당시 서울대에는 수능 최저 등급 제한이 있어 호중이는 서울대 입시에 응시조차 할 수 없었다.

졸업식을 마치고 성악과 졸업생들이 별도로 모인 자리에서 말했다.

"내 인생에서 너희와 같은 학생들을 다시 만날 수는 없을 것 같다. 너희를 가르친 3년이 너무나 자랑스럽고 나에게는 영광이었다. 잘 가거라. 세상으로 나가 너희의 꿈을 맘껏 펼쳐라."

호중이를 졸업시키고 한동안은 학교생활이 많이 허전했다. 매일 롤러코스터 같은 시간들을 보내다가 갑자기 찾아온 모든 시간이 평온하였지만 밋밋한 현실에 잘 적응되지 않았다. 무엇인가 꼭 할 일을 놓치고 있는 듯한 허전함으로 또 어디선가 졸업한 아이들이 툭 튀어나올 것 같아 괜히 여기저기를 서성거리게 되었다.

옛날같이 짓궂은 녀석도, 내 목소리를 흉내 내며 주변을 졸졸 따라다니던 녀석도, 원 없이 고음을 질러 대며 내 귀를 의심케 하던 그 잘난 녀석도 없었다. 선생으로 스스로를 시험케 하는 난이도 높은 테너의 아리아를 가르칠 만한 녀석도 없었다. 많이 허전했다.

호중이와 재명이 그리고 나 이렇게 3테너는 졸업식 축가로
〈넬라 판타지아(Nella Fantasia)〉를 불렀다.

소통의 장으로 시작된 힐링캠프

교사가 자기 집을 개방하고 같이 먹고 자고 하는 것이 학생들과 교감하는 데 얼마나 큰 도움이 되는지를 깨달았다. 호중이와 재명이를 수시로 집으로 데리고 가서 같이 먹고 자고 하니 서로를 이해하고 교감하는 데 많은 도움이 되었다. 특히 호중이에게는 가정의 따뜻함을 느끼게 해 주고 싶었다.

이를 바탕으로 집사람과 상의했다. 집에서 학생들과 같이 먹고 자려면 집사람의 동의와 도움이 절대적이었다. 집사람도 교편을 잡고 있었기에 나의 제안을 흔쾌히 수락했고 더 나아가 자기도 자기 반 학생들을 집으로 초대하여 1박을 하며 캠프를 하겠다고 나섰다. 부부가 같이 자기 학생들을 초대하는 데 서로 스케줄을 맞추어야 할 정도로 발전했다.

그렇게 해서 1차 실기 시험을 마친 금요일 오후 1학년 신입생들을 대구 집으로 데리고 가 먹고 산책하고 저녁에는 1대 1로 상담하는 프로그램으로 1박 2일 힐링캠프를 시작했다.

집에서 학생들과 힐링캠프를 하면서 ▮

학교 안에서 교사 한 명에 다수의 학생으로 이루어진 관계로는 서로를 알아 가면서 신뢰할 수 있는 관계까지 가기가 무척 어려웠다. 힐링캠프를 통해 앞으로 진로 문제, 학교생활 문제, 학업 문제, 교우 관계 문제 등 모든 것을 좀 더 깊이 있게 나눌 수 있어서 참으로 유익한 시간이었다. 서로를 더 잘 알게 되므로 서로에 관한 관심과 신뢰가 쌓여서 학교생활도 생기가 넘치고 지도하는 데 많은 도움이 되었다.

이 힐링캠프는 코로나가 시작되기 전 2019년까지 이어졌고 집사람은 아이들 밥을 해 주느라 힘들었지만 잘 따라 주었다. 주위에서는 이러한 노력을 이상한 시선으로 쳐다보기도 했지만 꿋꿋하게 밀고 나갔다.

교장이 되고 난 후부터 학생들과 더 이상 집에서 힐링캠프를 할 수 없다는 것도 많이 아쉬웠다.

소리루스(빛의 소리)

시간이 지나면서 학생들의 인성을 위해 무엇인가 새로운 것을 시도해 보고 싶었다. 합창 동아리를 만들었다.

'소리'라는 한글에 '룩스(빛)' 라틴어를 접목시켜 '소리루스(빛의 소리)'라는 합창 동아리를 조직하여 매년 김천 소년 교도소와 병원

등을 찾아다니며 재능 기부를 하면서 동아리 활동을 했다.

자기 또래를 포함하여 젊은 남자아이들이 수용되어 있는 소년 교도소에서 공연하니 처음에는 아이들이 두려워하고 꺼렸지만, 시간이 지나면서 익숙해지고 측은지심을 가지면서 적극적으로 변해 갔다.

소리루스 공연을 마치고 제자들과 함께 ▮

아이들의 호응과 자존감이 점점 높아지면서 덩달아 입시 성적도 좋아졌다.

어떤 해에는 10명의 성악과 졸업생 중 서울대에 2명, 한예종에 3명이 입학하는 놀라운 결과가 있을 정도로 아이들은 발전했다.

김천예고 성악과는 명실상부한 지방 예술 고등학교의 자랑이 되어 가고 있었다.

교가 녹음 봉사의 길

2015년 어느 여름날이었다. 김천 근처 시골에 있는 중학교 선생님에게 연락이 왔다. "선생님~ 우리 학교에서 학생들과 학부모들이 같이 합창 프로그램을 운영하고자 하는데 합창을 지도해 줄 수 있는지요?" 의도와 기획이 좋아 수락했다. 열악한 환경이었지만 학생들과 학부모들의 열의가 느껴져 열심히 합창 지도를 하고 있는데 어느 날 선생님이 학생들에게 자기 학교 교가도 가르쳐 달라는 것이다. 왜 그러느냐고 물으니 학교에 교가는 있는데 음원이 없어 행사 때마다 어려움이 있으니 아이들이 합창으로 교가를 부를 때 녹음하여 행사 때 사용하고 싶다는 것이다. 아무 생각 없이 허락하고 교가를 가르치는데 갑자기 선생님이 휴대폰을 높이 들고 녹음을 하는 것이다. 깜짝 놀라 합창을 중단하고 물었다.

"선생님~ 지금 교가 음원을 녹음하시는 겁니까?"

"네~ 선생님, 이렇게라도 녹음해서 사용하려고요." 참 애처로웠다.

"선생님, 이렇게 녹음하지 말고 우리 학교에 성악과 학생들이 있고 녹음 시설도 있으니 악보를 주시면 제가 정식으로 녹음해서 드리겠습니다."

"그렇게만 해 주시면 저희야 너무 감사하죠."

어차피 녹음을 해 주려면 제대로 해 주고 싶었다.

집에 오는 길에 곰곰이 생각했다.

단선율로 되어 있는 교가 악보에 피아노 반주를 만들고 거기에 오케스트라로 편곡하여 기악과 학생들과 성악과 학생들이 어울려 오케스트라 반주에 합창으로 교가를 녹음해 줘야겠다는 생각에 이르렀다.

학교 와서 바로 작업을 시작했다. 동아리의 남은 예산으로 아는 지인에게 편곡을 맡기고 학생들을 설득하여 기악과 학생들과 성악과 학생들을 모아 녹음을 했다. 처음 하는 녹음이라 서툰 면도 있었지만 나름 들어 줄 만한 음원이 나왔다. 음원을 전해 주니 교장 선생님과 담당 선생님이 정말 고마워하며 연신 고개를 숙이며 감사 인사를 했다.

뿌듯했다. 역시 집으로 돌아오는 차 안에서 다시 생각에 생각이 이어졌다. 경상북도에 이런 학교가 아주 많이 있으리라 생각되었고 그런 학교를 위해 우리 학교가 도와줄 수 있는 부분이 많으리라 생각되었다.

문제는 예산이었다. 한두 개 학교면 몰라도 여러 학교를 녹음해 주려면 편곡비에 학생들 간식비에 예산이 장난이 아니었다. 그 당시 김천예고는 특목고라 예산의 어려움 때문에 동아리를 위한 별도의 예산을 책정할 여유가 없었다. 그래서 장학 재단에 응모하여 지원받은 돈으로 동아리를 운영했는데 남은 돈이 별로 없었다. 궁리 끝에 당시 경상북도 교육국장으로 계셨던 임종식 국장님에게 전화를 드렸다.

임종식 국장님은 교육연수원장으로 계실 때 〈스타킹〉 속 김호중의 스승으로 알려진 나를 강사로 초대해 주셨고, 연수원에 자주 강의를 하러 간 인연으로 계속 교제하고 있었다. 성품이 온화하고 시를 좋아하시는 전형적인 선비 스타일의 참된 교육자셨다.

이후에 이분은 내가 교사에서 교장이 되기까지 그 힘든 여정의 든든한 후원자가 되어 주셨고 나를 전적으로 지지해 주셨던 분이시다. 지금은 경상북도 재선 교육감으로 계신다.

급하고 답답한 마음에 전화를 드려 자초지종을 말씀드렸더니 아주 좋은 일이라고 말씀하시면서 교육청에서 도와줄 방법이 있다면 기꺼이 찾아보겠다고 하셨다. 몇 시간이 지나지 않아 전화가 왔다. 회기 중간이라 많은 돈은 지원할 수 없으나 어느 정도의 예산을 지원해 줄 수 있다는 전화였다.

일사천리로 모든 것을 진행했다. 경상북도 각 학교에 공문을 보냈다. 학교 교가를 무료로 오케스트라와 합창으로 녹음해 주겠으니 희망 학교는 신청하라는 공문이었다. 반응은 폭발적이었다. 수많은 학교에서 지원했고 예산상 10여 개 학교를 선정하여 녹음하여 음원을 전해 주었다.

교가 녹음의 소문이 점점 퍼져 YTN 등 각 언론 매체에서 경쟁적으로 취재를 와 기사로 내보내며 학교는 호중이의 〈스타킹〉 이후 또 한 번 유명세를 치르게 되었다.

도내 초·중·고등학교 교가를 오케스트라와 합창으로 녹음을 하고 있다.

이후 이 교가 녹음 사업은 경상북도교육청 특색 사업으로 정식으로 지정되어 지금까지 이어지고 있다. 그동안 내가 교가를 녹음해 준 학교를 세어 보니 100여 개가 넘었다.

'파파로티 콩쿠르'의 문을 열다

2014년 어느 여름날 수업을 마치고 나오는데 누가 손님이 찾아오셨다고 일러 주었다. 바로 교무실로 가 보니 경상북도청 문화관광국장님이라는 분이 기다리고 계셨다. 가끔 손님이 찾아오기는 했지만, 도청 고위 공무원이신 국장님이 직접 나를 찾아오신 것은 이례적이었다.

국장님은 〈파파로티〉 영화를 보고 감명받았다며 이런 선생님이 우리 경상북도에 계시다니 꼭 만나서 식사를 같이하며 이야기를 나누고 싶다고 찾아오셨다.

나는 기본적으로 공무원들과 잘 어울리지 못한다. 기본적으로 권력을 가진 자와 살갑게 지내지 못하는 나의 성격과 그분들의 권위적인 분위기와 똑똑하지만 새로운 일에 도전하기를 주저하며 항상 어떠한 제안을 하면 자기 소관이 아니라고 하며 타 부서로 넘기려는 경향이 많아서 나하고는 잘 맞지 않았다. 〈파파로티〉 영화 개봉 이후에 여기저기서 찾아오시는 분들이 많아 국장님도 말만 그렇고 당연히 기념사진만 찍고 인사하고 돌아가실 줄 알았다. 건성으로 대충 대답하고 수업에 들어갔다.

남은 몇 시간의 수업을 마친 후 나는 당연히 국장님이 돌아가셨으리라 생각하고 아무 생각 없이 교무실에 들어갔는데 당황스럽게도 국장님이 그 시간까지 나를 기다리고 계셨다. 나와의 저녁 식사를 위해 2시간 넘게 기다리고 계셨다. 너무 미안하고 죄송한 마음에 수업을 마치고 식당으로 이동하여 저녁 식사를 같이했다. 식사하면서 대화를 나누는데 그동안 내가 알았던 공무원과는 너무 거리가 먼 분이셨다.

이 국장님이 바로 김남일 국장님이신데 명석한 두뇌에 창의적인 아이디어가 넘치고, 생각에 대한 결론이 나면 바로 일선에 나서 실천하시는 다방면의 열정과 과감한 행동력이 넘치는 분이셨다. 내가 알고 있던 공무원상이 한순간에 바뀌었다. 이분과 이야기하며 나온 말이 '파파로티 성악 콩쿠르'였다. 평소 마음속으로만 생각하고 있던 것을 말씀드렸는데 굉장히 좋아하시면서 도와주겠다고 하셨다. 그렇게 해서 탄생한 것이 '경상북도 파파로티 성악 콩쿠르'이다.

지금 '경상북도 파파로티 성악 콩쿠르'는 국내의 유명 콩쿠르로 자리매김을 하여 7회까지 개최되었다. 지금도 김남일 국장님께 지금도 잊지 않고 감사를 드린다.

파파로티 성악 콩쿠르를 마치고 수상하는 입상자들

지방 예술고등학교 교사로 근무하며 또 하나의 어려움이 있었다면 장학금을 구하는 문제였다. 보통 일반인들 생각으로는 예고니까 모두 부유한 학생이 진학한다고 생각하겠지만 실제로는 가난한 학생들이 의외로 많았다. 클래식 전공에서 피아노나 현악기를 전공하는 학생들은 상대적으로 가정 형편이 괜찮았지만 유독 성악과 학생 중 가난한 학생이 많았다. 타고난 목소리는 집안의 부유함과 가난함에 상관없고 성악은 변성기가 지나야 할 수 있는 분야라 다른 전공보다 조기 교육이 필요 없으니 가난한 학생들도 쉽게 도전할 수 있는 영역이었기 때문이다.

재능 있는 학생을 뽑고 싶지만, 김천이라는 소도시로 유학을 안 오려 하니 어쩔 수 없이 장학금으로 우수한 학생을 스카우트해야만 했다.

특목고 등록금이 분기별로 100만 원 정도였으니 1년에 400만 원 정도가 들었고 또한 기숙사비까지 포함하면 상당한 금액이었다. 학교 재정이 열악한 상황에서 이렇게 우수한 학생들을 장학금으로 스카우트하려면 최소한 1년에 400만 원 정도는 장학금으로 구해야만 했다. 이런 학생이 1학년에 한 명, 3학년에 한 명만 있어도 1년에 800만 원 정도의 장학금이 필요했다.

장학금을 구하기 위해 사방팔방으로 다녔다. 학교에서 일부 지원을 받고, 교회 장학금, 친구들, 교회 장로님, 집사님, 아는 지인들…. 염치 불고하고 찾아다니며 도움을 구했다. 많은 분이 동참하고 도와주셔서 좋은 아이들을 스카우트할 수 있었다. 그러니 당연히 입시 결과도 좋을 수밖에 없었다.

단 장학금을 지원하되 나 자신만의 원칙이 있었다.

"베풀되 바라지 말고 충고하되 간섭은 하지 마라."라는 것이다
아이들의 자존심을 다치게 하고 싶지 않았다.

(시간 강사-기간제 교사-교장까지)

특목고의 열악한 환경 속에 교장이 되기 전까지 5년여의 강사 생
활을 포함하여 20년여의 긴 세월 동안 기간제 교사로 지내며 서러
움도 많았지만, 나름 아이들을 위해 열정적으로 가르쳤으며 정말
행복했고 보람된 시절이었다.

그동안 내가 정규직이 아닌 강사로, 기간제 교사로 근무했다는
것은 아마 호중이와 재명이를 포함하여 나의 제자들 모두 모를 것
이다.

혹여나 제자들이 자존심에 상처를 입을까 봐 절대 말하지 않았다.

돌이켜 보면 비록 기간제 교사였지만 학교에서는 나에게 많은 것
을 배려해 준 것도 사실이며 또한 사학 재단과 아무 친족 관계가 없
는 기간제 교사가 정식 교사, 교무부장, 교감을 거치지 않고 바로
교장으로 임명된 것은 아마 대한민국에서 내가 유일무이할 것이다.

그런 면에서 나는 지금도 이신화 명예 교장 선생님과 김천예술
고등학교에 감사한 마음을 가지고 있다.

2장

〈미스터트롯〉 꽃으로 피다

    2019년 늦가을 아침 호중이로부터 전화가 왔다. "선생님~ 저 〈미스터트롯〉 한번 나가 볼까 합니다." "뭐~? 〈미스터트롯〉? 트로트는 왜?" 갑자기 머리가 멍해졌다. 일단 나는 트로트에 대해서 잘 모르고 거의 관심이 없었던 사람이다. 부모님 세대와 우리 세대에 활동했던 가수들의 이름 정도만 아는 것이 전부였다. 갑작스러운 호중이의 〈미스터트롯〉 소식에 많이 놀랐다. "야! 〈팬텀싱어〉까지는 이해하겠는데 웬 〈미스터트롯〉이냐?" "선생님! 그래도 도전해 보고 싶습니다." "꼭 나가야 되겠니?" "네~! 선생님 저는 꼭 한번 나가고 싶습니다."

    호중이는 이미 마음을 단단하게 먹은 듯 확고했다. 나중에 뒤늦게 안 사실이지만 호중이는 이미 참가 신청을 먼저 해 놓고 첫 녹화를 마친 상태에서 나에게 전화를 한 것이다.

통화를 하며 여러 가지 생각이 들었다.

'클래식 성악으로 먹고살기가 얼마나 힘든지를 잘 아는 내가 무슨 자격으로 본인이 하고 싶다는 것을 막을 수 있단 말인가?

또 호중이는 학교 다닐 때부터 다양한 분야에서 끼가 많지 않았던가?'

어쩌면 이것이 호중이에게 또 다른 좋은 기회가 될지도 모른다는 생각이 들었다.

"그래~ 좋다! 나가도 좋은데 이왕 나가려면 성악가의 색깔을 완전히 빼고 한번 제대로 해 봐라."

우리 아버지께서 처음으로 나에게 성악을 허락하시면서 하신 말씀이 갑자기 떠올랐다.

"넵! 열심히 해 보겠습니다. 지켜봐 주십시오~!" 호중이의 목소리는 경쾌했다.

2020년 신년 희망찬 새해와 달리 심상치 않게 전해 오는 코로나 소식에 왠지 모를 불안한 기운이 넘치던 1월 초, 〈미스터트롯〉 첫 방송이 시작되었다. 걱정과 설레는 마음으로 TV를 시청하는데 호중이 차례가 왔다. 진보라색 턱시도에 둥근 브로치로 장식한 세련된 모습으로 〈태클을 걸지마〉를 불렀다. 그 노래를 부르는 모습은 마치 인생의 올가미에 발목이 잡혀 허덕이며 삶을 힘들게 살아가던 호중이가 세상을 향해 외치는 소리 같았다.

나중에 들은 얘기지만 많은 아리스 팬분이 이 노래를 듣고 속이 뻥 뚫리는 대리 만족을 느끼셨다고 한다.

그중에는 호중이 노래로 인해 살면서 한 번도 관심을 두지 않았던 트로트에 빠지게 되었고 지금은 관심을 넘어 열광적인 팬의 삶으로 180도 인생이 바뀐 분들도 많다는 이야기를 들었다. 정말 대단한 기적 같은 일이다.

사람의 음성이 다른 사람의 마음에 전달되어 함께 공감한다는 것도 놀라운데 그 음성으로 사람의 인생을 바꾼다는 것은 정말 기적이라고밖에는 설명이 안 된다. 호중이는 그 기적의 바람을 날마다 일으키고 있었다. 작은 나비의 미미한 날갯짓에서 시작되는 나비 효과처럼 호중이는 상처받은 그 누군가에게 태풍 같은 위로의 바람을 일으키며 그렇게 세상을 향한 작은 날갯짓을 시작한 사람이었다.

그 누구도 내 인생에 더 이상 태클을 걸지 마시오!

호중이의 힘든 인생에 대한 처절한 몸부림 같았다.

노래는 장르마다 발성이 다른데 호중이는 장르가 달라질 때마다 원래부터 그 분야의 전문가인 양 천연덕스럽게 자신의 재능을 펼쳐 보였다. 트로트에 대해 잘 모르지만 정말 잘한다는 생각이 들었다. 무대를 즐기며 나이답지 않은 입담과 무대 매너 또한 대단한 호중이다. 모든 것이 기대 이상이었다.

예선 전체에서 진을 차지했다. 대견하고 자랑스러웠다. 성악이 아니라 트로트의 스타가 탄생하는 순간이었다.

2019년 말에 시작된 코로나는 시간이 지나면서 전 세계적으로 점점 퍼져 나갔고 한국에서도 학교 개학마저 무기한 연기될 정도로 심각하게 퍼졌다. 더군다나 대구 경북 지역은 신천지 코로나 사태로 다른 지역보다 더 급속도로 코로나가 번져 가서 바깥출입마저 힘든 상황이었는데 연일 승승장구하는 호중이의 〈미스터트롯〉을 보며 그 답답한 시간들을 견딜 수 있었다. 아마 2020년 그 당시 대한민국의 많은 사람이 〈미스터트롯〉으로 위로를 삼으며 답답하고 힘든 코로나를 견뎠다는 것에 공감하실 것이다.

경연 중간중간 아쉬움도 있었다. 특히 준결승에서 부른 〈짝사랑〉은 너무나 아쉬웠다. 선곡부터 잘못되었다고 생각했다. 선곡은 노래 경연 승패의 70% 정도를 차지할 정도로 중요한데 감미롭게 살랑거려야 제맛이 나는 〈짝사랑〉은 호중이에게 너무나 어울리지 않는 곡이었다. 또 아무리 테너지만 남자가 여자 키에 맞추어 노래한다는 것은 무모한 짓으로 보였다. 나중에 호중이에게 물었더니 호중이 나름대로 말 못 할 사정이 있었다고 한다.

어쨌든 호중이는 마지막 결선까지 진출하게 되었고 결선을 얼마 앞두고 TV조선 방송사에서 연락이 왔다. 호중이 결선 방송을 위해 자료 화면이 필요하여 호중이가 학교에 방문해서 나와 만나 대화하는 장면을 녹화하고 싶다고 했다. 더 이상 방송 출연은 하고 싶지 않았지만 호중이를 위한다면 못 할 것도 없다 싶어 수락하고 방송 출연을 하게 되었다.

녹화 당일 촬영 팀이 학교를 방문하고 자연스럽게 호중이를 만났다. 비록 코로나로 학교에 학생들은 없었지만, 그때 호중이는 이미 유명한 스타가 되어 있었기에 학교 전체가 들썩거렸다. 여러 대의 카메라가 돌아가는 가운데 모처럼 호중이 모습을 보며 많은 대화를 이어 갔다.

과거 이야기부터 〈미스터트롯〉까지 이야기가 이어지면서 호중이는 이번 결선에서 나를 위해 준비한 곡이 있다고 했다. 무슨 곡인지 궁금하다고 물으니 비밀이라며 방송 때 보시라고 말했다. "제발 느리고 슬픈 곡은 부르지 마라. 나 울지도 모른다." "걱정하지 마시고 지켜봐 주세요~"

결승 당일 생방송을 앞두고 방송국 측에서 코로나로 관람 인원이 제한되어 김천예고에서 4명 정도만 방청할 수 있다고 연락이 왔다. 학교와 협의하여 녹화 당일 아침 일찍 4명이 출발하려고 하니 갑자기 방송국에서 연락이 왔다. 코로나로 녹화가 연기되었다고 한다.

다음 녹화 시간이 잡혔고 방청 인원도 2명으로 줄어 주광석 교장 선생님과 함께 둘이 차를 타고 녹화 장소로 이동했다. 아침 일찍 출발하여 경부고속도로를 타고 수원쯤 도착했을 때 작가로부터 연락이 왔다. 불길한 예감이 들었다.

"선생님! 지금 올라오고 계시죠? 그런데 대구와 경상도에 지금 코로나가 너무 심하다 보니 의료진에서 우려를 많이 해서 결국 녹화장에 대구 경상도분들은 입장할 수가 없다고 하네요. 그래서 죄송하게도 선생님도 입장할 수가 없네요. 죄송해서 어쩌죠?" "코로나 때문이라면 어쩔 수 없죠…." 불길한 예감을 피해 가는 법이 없었다. 대구와 경상도 사람 전체를 감염자나 죄인 취급하는 듯해서 기분이 나빴지만 어쩔 수가 없었다. 수원 톨게이트에서 바로 다시 김천으로 방향을 틀어 돌아왔다.

마지막 결승전을 부산 여동생 집에서 TV로 보는데 다른 참가자들은 가족이 다 나와 힘차게 응원하는데 경상도 출신인 다른 참가자 한 명과 호중이만 아무도 없어 혼자 노래를 부르는 것 같아 마음이 아팠다.

이윽고 마지막 노래의 전주가 흘러나올 때 TV 화면에 "고맙소?"라는 자막이 떴다. 처음 듣는 곡이었다. 느리고 슬픈 곡이었다. 그 순간에도 집사람과 여동생에게 농담을 던졌다. "아니~ 이 녀석 '고맙습니다.'도 아니고 '고맙소?' 말이 짧네~" 정말 감격스럽게 노래를 잘 마쳤다. 녀석~! 느리고 슬픈 곡은 부르지 말라고 했는데…. 흐르는 눈물을 주체할 수가 없었다.

시들어 가던 인생의 꽃이 〈미스터트롯〉에서 새롭고 화려하게 피는 순간이었다.

3장

생전 처음 가입한 팬 카페

　호중이가 〈미스터트롯〉에서 4위를 하고 다음 날 자고 일어나 보니 세상이 바뀌었다. 호중이는 어느덧 온 국민이 열광하는 국민 사위(4위)로 바뀌어 있었고 덩달아 나도 호중이를 가르친 스승으로 많은 분의 관심의 대상이 되어 있었다. 갑자기 뜨거워진 관심은 〈스타킹〉에 비할 바가 아니었다. 전국에서 학교로 편지와 전화가 오기 시작했다. 놀랍고 당황스러웠고 부담스러웠다.

　나는 비록 성악가이고 농담도 잘하고 누구 앞에서 쉽게 위축되는 사람은 아니었지만 어디서든 나서거나 주목받기를 즐기는 사람은 아니다.

　팬 카페가 결성되고 몇 주 만에 수많은 회원이 모였다고 한다. 과거 〈스타킹〉 때도 이미 경험이 있었던 터라 이러다 시간이 좀 지나면 잠잠해지리라 생각했다. 별로 대수롭지 않게 생각하고 지나갔다.

그러던 어느 토요일 오전 주광석 교장 선생님에게 전화가 왔다.

"서 선생님~ 호중이 팬 카페에서 장학금을 모금하여 우리 김천 예고에 1억이 넘는 돈을 기부하기로 했다고 하니 선생님이 팬 카페에 들어가서 인사라도 한번 드리는 게 좋을 것 같습니다." 이게 무슨 말인가 싶었다. 팬 카페가 결성되고 사람들이 많이 모였다는 말은 들었지만, 그곳에서 장학금을 모금할 줄은 몰랐다. 급히 휴대폰을 열고 팬 카페를 찾았다. 내용을 볼 수가 없어 어쩔 수 없이 팬 카페에 가입 신청을 하고 장학금에 대한 감사 인사말을 남겼다. 평생 처음 누군가의 팬 카페에 가입하는 순간이었다.

그런데 놀라운 일이 일어났다. 그때부터 0.5초 단위로 끊임없이 휴대폰 진동 소리가 울리는 것이다. 순간 놀랍고 당황스러웠다. 휴대폰이 고장 난 줄 알았다. 휴대폰을 찬찬히 살펴보니 팬 카페에 댓글이 달리는 순간마다 알려 주는 알림 소리였다. 몇 분 만에 수백 개의 댓글이 달리기 시작했고 팬 카페에 들어가 내가 쓴 인사말을 다시 보니 댓글이 장난이 아니었다.

ㄱ, ㅋ, ㅅ, ㅎ, ㅂ…. 도대체 의미를 알 수 없는 수많은 기호의 댓글이 달려 있었다. 이게 뭐지? 욕인가? 무슨 이런 댓글이 다 있지? 내가 뭘 잘못했나? 나중에 알고 보니 가방 던지기라는 거였다. 난 이런 것을 생전 처음 보았으니 순간 당황스러웠다. 내 글에 이렇게 많은 분이 관심을 보일 줄 몰랐다.

얼마 지나지 않아 팬 카페 운영진이라면서 장학금 전달을 하고 싶다고 연락이 왔다. 1억 4백만 원이 넘는 거금을 장학금으로 기부하겠다고 했다. 매년 장학금을 구하기 위해 동분서주했던 터라 너무나 반갑고 고마웠다. 팬 카페 운영진 여러 명이 장학금을 수표로 마련하여 학교를 방문하였다.

학교에서는 너무나 귀한(?) 분들이라 칙사 대접까지는 아니었지만, 기념품까지 별도로 제작해 드리며 정성껏 운영진을 맞이했다.

나는 한 가수에 대하여 이렇게 열정적인 사람들을 처음 보는지라 모든 게 신기하고 꿈을 꾸는 것 같았다.

1억이 넘는 귀한 장학금을 받고 그 처리 문제로 학교에서 회의를 거쳤다. 가급적 많은 학생이 호중이를 기억하고 골고루 그 혜택이 돌아갔으면 좋겠다는 원칙으로 전 교생 모두에게 일정 금액의 장학금을 주기로 했고 매년 새로 입학하는 신입생 전원에게 김호중 장학금을 지급하자고 의견이 모였다. 전교생에게 김호중 장학금과 장학 증서를 지급하는 날, 모든 학생이 김호중 선배를 연호하며 기뻐하던 모습이 지금도 눈에 선하다.

그사이 안타깝게도 팬 카페 안에서 문제가 생겼고 이로 인해 카페가 둘로 나누어졌다. 이 문제가 해결되는 과정에서 정말 그동안 내가 전혀 몰랐던 다른 세계에 대해서 알게 되었고 또 그만큼 두 번 다시는 경험하고 싶지 않은 힘들고 쓰라린 일들을 많이 경험하였다.

지금 와서는 호중이 이외에 다른 제자가 연예계로 진출하겠다고 한다면 최소한 호중이보다는 더 말릴 듯하다.

4장

특별한 선물을 경험한
교장의 자리

2021년 2월 김천예고 4대 교장으로 취임했다. 매일 출근하면서도 교장이 되었다는 사실이 믿기지 않는 묘한 시간들을 보냈다. 교장이라는 자리는 지금까지 내가 경험한 어떤 자리와도 다른 색다른 경험이었다.

평상시 학교 경영에 대한 생각과 학교 시설에 관한 생각은 많이 가지고 있었지만, 막상 교장에 대한 제의를 받았을 때 내가 교장으로 자격이 있는지, 교장으로 할 수 있는 일이 있는지, 교장으로 해야 할 일이 있는지 고민도 되었다. 하지만 한편으로는 교장이 되어서 그동안 예고에서 꿈꾸었던 일들을 의욕적으로 한번 추진해 보고 싶은 생각도 들었다.

김천예고에서 강사로, 기간제 교사로 20년을 지나면서 평교사가 아닌 교장으로 할 수 있는 일은 너무나 달랐다.

　나라는 사람은 에너지가 막 넘치는 사람도, 사람들과 어울려 으쌰으쌰 힘쓰는 스타일도 아니고 혼자 기획하고 혼자 일하기를 즐기는, 속된 말로 독고다이 스타일의 사람이었기에 염려가 없지 않았다.

　취임식을 하기 위해 출근하던 그날을 잊을 수 없다. 무대에 많이 서 보았기에 남 앞에 서는 두려움을 별로 느끼지 않는 편인데 그날은 달랐다. 내가 잘할 수 있을지 정말 두렵고 떨렸다.

　2년! 정년퇴임까지 주어진 2년이라는 한시적인 시간 동안 교장으로 해야 하는, 꼭 하고 싶은 일을 취임식 취임사로 밝혔다.

　학생을 위한, 교사를 위한, 학교를 위한 학교 경영 철학을 밝혔다.

　교장 취임 후 나의 첫 일성은 "예고를 예고답게!"였다.

　교장이 되어서 알았다. 교장은 일하지 않으려 하면 정말 할 일이 없고 하려고 들면 정말 밑도 끝도 없이 할 일이 많은 바쁜 자리라는 것을.

　교장이 되어서도 하는 일의 내용만 달랐다. 평교사 시절 하던 솔선수범의 실천은 지키려고 노력했고 지키고 있었다.

　교무 회의 때 교사들을 향하여 엄중하게 말했다.

　"교사가 행복해야 학생이 행복하다.

그러나 교사는 편안함에서 그 행복을 찾으면 안 되고 학생과 같이 기쁨과 아픔이 서로 공유가 될 때 교사도 학생도 행복할 수 있다."

나를 포함해서 여기 계시는 선생님 모두는 지금부터 최소한 이런 착각은 하지 않길 바란다고. 이 자리만 벗어나면, 이 사람만 피하면, 이 직장만 떠나면 만족스럽고 행복할 것이라는 착각은 하지 않기를 바란다고.

행복한, 만족하는 삶을 살고 싶다면, 이 자리에서, 내 앞에 있는 사람과 지금 하고 있는 일로 먼저 자신을 감동시키고 그 감동이 다른 이에게 전달될 때 행복은 시작된다는 것을 기억해 주기 바란다고.

그 감동을 위해 자신에게도 끊임없이 기회를 주며 기다려 주고, 또한 아이들에게도 같은 기회를 줄 수 있는 나와 여러분들이 되기를 기도한다고.

교장으로 지내는 동안 나도 여러분도 함께 성장하는 행복한 시간들이 되기를 기도한다고.

김천예고는 그동안 특목고였기에 시설 투자가 많이 부족해서 학생들 수업 공간이 정말 열악했다. 1년 내내 빛이 한 번도 안 들어오는 교실이 있는가 하면 산 밑에 있는 교실은 여름 장마 때마다 피는 곰팡이로 애를 먹었다.

교장실에서 바라본 운동장은 사면이 막혀 교도소 운동장처럼 답답했다.

예고 학생들의 창의적인 사고와 행동을 끌어내려면 예술적인 공간이 절실하게 필요했다. 그러려면 예산 확보가 절실했다. 쉼 없이 출장을 다녔다.

도청과 교육청 그리도 시청을 드나들기 시작했고 행정가와 정치가도 만났다. 물론 도지사님과 교육감님 그리고 시장님도 만났다. 쉽지는 않았지만, 노력 결과 어느 정도의 예산을 확보해서 학생들 안전과 관련된 일부터 공사를 시작할 수 있었다.

교장이 되고 신명이 나서 한 일 중 한 가지는 공사 현장을 다니면서 어떻게 하면 좀 더 공간을 잘 활용할 수 있을지, 어떻게 하면 좀 더 안전하고 창의적인 공간을 만들 수 있을지를 생각해 낸 일이다. 그러면서 내 안에 있는 또 다른 나 자신을 볼 수 있어서 참으로 좋았다.

공사 현장을 돌아볼 때 묘한 희열감을 느낄 수가 있었다. 건축과에 진학하려고 했던 과거가 떠올랐고 '내가 성악가가 아닌 건축가가 되었으면 어땠을까?'라는 생각을 잠시 해 보았다. '아마 지금보다 돈은 더 벌었겠지.'라는 생각이 드니 나도 모르게 쓴웃음이 지어졌다.

학교 일을 위해 열심히 하다 보니 나름대로 보람도 있었다. 내 계획대로 학교가 변하고 바뀌는 모습을 보면 자부심도 생겼다.

그러나 어딘가 허전하고 공허했다. 매일 기획하고 손님을 맞고 예산을 타 내고 인사하러 다녀야 하고 의전에 신경 써야 하고, 판단하고 지시해야 하니….

'이게 뭐지?'라는 생각이 들었다.

어느 날 성악과 학생이 찾아와 레슨 좀 해 달라고 했다. 마침 시간이 있어 레슨실로 가서 오랜만에 레슨을 했다. 순간 잠시지만 잊고 있었던 행복이 밀려왔다.

교장이 되어서 더 이상 성악 레슨 수업을 하지 않으니 공허하고 뭔가 중요한 일을 놓치고 있는 듯한 허전함을 느낄 때가 많았다.

교장으로 해야 할 일이 많아 온종일 피곤한 하루를 보내고도 저녁 시간 집에 돌아오면 꼭 해야 하는, 하고 싶었던 일을 하지 않고 하루를 보낸 듯이 허전했다.

역시 나는 아이들과 함께하면서 그들이 변화하고 성장해 가는 모습을 직접 지켜보는 현장에 있을 때 살아 있음을 느낄 수 있는, 신명 나는 사람이라는 것을 확인할 수 있었다.

5장

경이로운 아리스

호중이 팬이신 아리스님들에 대한 이야기를 안 할 수가 없다. 호중이에게 고마운 것 중 하나가 아리스를 통해 너무 좋은 사람들을 많이 알게 되었다는 것이다.

옛말에 "팔백 금으로 집을 사고 천 금으로 이웃을 산다."라는 말이 있다. 그만큼 좋은 이웃을 만나는 게 중요하다는 말인데 평범한 교사로서 절대 만날 수 없는 좋은 사람들을 나의 이웃으로 만날 수 있었다.

가끔 아리스님들에게 개인적인 청탁이 많이 들어왔는데 그중 제일 많은 청탁은 호중이 전화번호를 가르쳐 달라는 거였다. 호중이 번호를 처음에는 아무 생각 없이 여기저기 알려 주었더니 며칠이 안 되어 호중이는 전화번호를 바꾸고 연락이 두절되는 사태가 몇 번씩 반복되었다. 몇몇 극성스러운 팬이 밤낮없이 전화하니 호중이도 어떻게 견디겠는가.

두어 번 이런 일을 겪은 후로는 호중이 전화번호를 그 누구에게도 가르쳐 주지 않았다. 심지어 명예 교장 선생님에게도 알려 드리지 않았다. 지금도 명예 교장 선생님은 호중이 전화번호를 모르고 계신다.

이를 두고 나를 시기하고 싫어하는 사람들은 나만 호중이 전화번호를 알고 있으면서 다른 사람들의 접근을 차단하고 내가 호중이를 내 뜻대로 좌지우지한다고 소문을 내는 사람들도 있었다. 기가 찰 노릇이었지만 일일이 대꾸하고 싶지 않았다. 심지어 대구의 어느 성악가는 〈파파로티〉 이야기는 자신과 호중이의 이야기인데 내가 교묘하게 그 스토리를 빼돌려 자기의 일처럼 꾸며 영화를 찍었다는 소문까지 낸 사람도 있을 정도였다.

그리고 그다음으로는 호중이를 사위로 삼고 싶다는 청탁이 정말 많이 들어왔는데 그것은 내가 들어줄 수 없는 부분이라 한 분 한 분 설득하는 데 애를 먹은 적이 많았다.

그 밖에 연세가 80이 넘으시고 인터넷도 모르시는 시골 할머니가 호중이 모습을 TV로 보고 오로지 호중이를 키워 주신 선생님께 감사의 말을 꼭 전하고 싶다며 걷기도 힘든 몸을 이끌고 버스를 타고 택시로 갈아타고 학교까지 오신 적도 있었다. 지병으로 병원에 입원하시기 전에 지금 입원하면 다시는 세상에 나올 수 없을 것 같다며 인생의 마지막 여정으로 학교에 방문하여 호중이에게 전해 달라며 바리바리 선물을 가지고 오신 분도 계셨다.

또한 사랑하는 남편을 먼저 떠나보내고 혹은 자식을 먼저 앞세우고 우울증을 앓다가 자살 충동에 한없이 시달렸는데 호중이 때문에 그 우울증이 사라지고 삶의 활력을 찾고 건강이 회복되었다는 분도 있었다.

또 신장이 망가져 매주 3회씩 혈액 투석을 받으며 아무 가족도 없이 혼자 살아가야 하는 자신의 처지가 너무 힘들고 서러워 약을 먹고 자살하려다 잠이 들었는데 꿈에 호중이가 나타나 찐 감자를 손에 쥐여 주며 약을 뺏어 가는 꿈을 2번이나 꾸고 다시 용기를 얻어 잘 살아가고 있다는 할머니도 있었다. 그 외에 도서실에서 나를 보자마자 감격에 겨워 울면서 신발을 벗고 나에게 큰절을 하셨던 할머니도 기억에 남아 있다.

참으로 신기했다. 과연 무엇이 이분들을 이렇게 열정적으로 움직이게 하고, 치유의 힘은 또 어디서 나오는지 나도 궁금했다.

그 외 서울, 부산, 대구, 인천, 대전, 광주, 전주, 청주, 안양, 부천, 김포, 파주, 여수, 목포, 익산, 김해, 포항, 안동, 경주, 울산, 진주, 제주도 등 전국 각지에서 심지어 미국이나 일본 등 해외에서도 선물을 주거나 장학금을 기탁하려고 직접 학교로 오셨던 분이 많이 계셨다.

나는 돈 많은 사람들을 만나 본 적이 있는데 사회 기부나 장학금

기탁은 절대 돈이 많다고 할 수 있는 것이 아니다.

　나는 이분들 모두에게 무한한 존경과 감사를 드린다.

　처음 교장으로 취임하고 학교를 둘러보며 많은 생각을 했다. 먼저 너무 낙후되어 여름이면 곰팡이까지 끼는 교실을 리모델링해야 했고 그 외에 답답한 운동장을 창의적 공간으로 바꾸고, 아트홀에 있는 30년 가까이 된 그랜드 피아노를 교체할 방법을 찾아보고 또한 몰려오는 아리스님들을 위한 쉼터 공간을 마련해 보기로 했다. 이렇게 여러 가지 고민을 하면서 얻은 해답은 뛰자는 것이었다. 교장이 뛰면 해결할 수 있으리라 생각했다.

　학교 리모델링은 교육감님과 경상북도교육청의 협조를 얻어 개선 사업을 시작할 수 있었으나 다른 문제들을 해결하기에는 만만치 않았다.

　그리고 운동장은 비록 4면이 막힌 것처럼 답답해 보였지만 예술적인 공간으로 채워 나가면 될 듯했다. 바로 머리에 떠오른 것은 심찬양 군의 그라피티였다. 본교 졸업생이자 세계적인 그라피티 아티스트로 활동하고 있는 심찬양 군의 그라피티 제작은 전임 교장 선생님이 시도하다가 예산 문제 등 여러 문제로 실패한 경우라 다시 도전해 보고 싶었다. 바로 미국에 있는 심찬양 군에게 문자를 했다. 서로 연락이 되어 의기가 투합되었고 바로 그라피티 제작에 들어가려고 했으나 예산이 문제가 되었다. 들어가는 예산이 만만

치 않았다. 고민에 빠졌다. 돈이 나올 구멍은 하나도 안 보였다. 막
연히 시간만 지나는데 서울 아리스님들에게 전화가 왔다. 학교에
장학금을 기부하고 싶다는 내용이었다. 순간 하나님의 도움이요,
기도의 응답이라 생각되었다.

2021.07.19. '선택과 시간' 세계적인 그래피티
아티스트 심찬양의 작품이 제막되었다.

서울 아리스님들이 도착하여 장학금 사용처를 자세히 설명을 드
리니 아리스님들이 모두 다 찬성하고 동의하여 전액 그라피티 제

작에 사용하기로 했다. 기부금은 생각보다 큰 액수였다. 그라피티를 제작하기에 딱 알맞은 액수였다. 참으로 하나님의 응답이 신기했다. 덕분에 그라피티는 심찬양 군의 일정에 맞추어 일사천리로 제작되었고 이 소식이 퍼지면서 이번에는 부산 아리스님들의 연락이 왔다. 역시 장학금 기탁 문제였다. 그렇지 않아도 운동장 체육관 쪽 펜스가 낡아 그곳을 예술적인 공간으로 바꾸고 싶다는 고민을 하고 있었는데 역시 아리스님들에게 설명을 드려서 학교 시설 개선으로 돈을 사용하게 되어 '유원갤러리'가 탄생할 수 있었다.

2021.08. '유원갤러리' 학생들을 위한 전시 공간이 탄생했다.

이렇게 필요할 때 하나님께서 아리스님들을 통해 하나하나씩 문제를 해결해 주셨다.

그러나 아트홀의 피아노 문제는 녹록지 않았다. 바꾸고자 하는 피아노가 워낙 고가였기 때문이다. 도지사님도 만났고 교육감님도 만났고, 시장님도 만나 보았다. 도의원도 찾아다녀 보았지만, 한 사립고등학교에 2억이 넘는 피아노를 사 줄 만한 곳은 그 어디에도 없었다.

슈타인웨이 피아노만큼은 나의 욕심이었고 불가능해 보였다. 스스로 포기할 때쯤 한 선생님이 팬 카페에서 학교에 필요한 무엇인가를 기증하고 싶다고 연락이 왔다며 메모를 한 전화번호 하나를 내게 건네주었다. 전화를 드렸더니 팬 카페 개설 1주년을 맞이하여 학교에 필요한 뭔가를 해 드리고 싶다는 팬 카페 스태프의 전화였다.

일 년 전처럼 장학금을 기증하면 어떨지를 물으셔서 1년 전의 장학금도 3년이 지나면 고갈되어 없어지니 큰돈에 비해 그 기간이 너무 짧고 또 특목고에서 일반 예술계 고등학교로 바뀌면서 학비가 전액 국가에서 지원되기 때문에 옛날만큼 학비 지원이 절실한 학생이 많지 않다고 답했다.

"그럼 학교 연습실 피아노를 몇 대 기증하는 것은 어떤가요?"

"연습실 피아노요? 연습실 피아노도 워낙 많은 학생이 자주 연습해서 새 피아노라 해도 6년 정도 지나면 폐기 처분을 해야 하기에 의미는 좋지만, 효율성이 별로 안 좋은 것 같습니다. 제 생각에는 좀 오래가고 호중이가 오랫동안 기억될 수 있는 것이면 좋겠습니다마는…."

"그럼 뭐 좋은 방법이 없을까요?"

"음~ 예를 들면 아트홀에 그랜드 피아노가 좋을 듯한데…."

"아트홀 피아노요?"

"네~ 아트홀 피아노는 보관만 잘하면 최소한 30년 이상은 사용할 수가 있습니다. 그러면 호중이 이름도 오래 기억되고….'"

"그래요~! 좋은데요. 그 피아노 가격이 얼마 하는데요?"

"음, 슈타인웨이가 한 2억 정도….'"

"네? 2억요?"

"네 2억 정도요."

"어휴~ 교장 선생님, 2억은 너무 무리인데요."

"그렇죠! 너무 비싸죠. 그냥 그렇다는 이야기이니 신경 쓰지 마시고 없었던 이야기로 해 주세요."

무리라는 것을 나도 알았기에 전화를 끊고 시간이 지나며 자연스럽게 그랜드 피아노에 관한 생각조차도 까마득히 잊고 있었고 마음속으로는 나의 대(代)에서는 불가능하다고 판단했다. 그렇게 몇 달의 시간이 흘렀다.

어느 날 어떤 아리스님이 오늘 팬 카페에 김천예고 슈타인웨이 그랜드 피아노 기증에 관한 찬반 투표 건이 올라왔다고 급하게 연락이 왔다. 순간 전율이 흘렀다. 급히 팬 카페에 들어가 보니 정말 피아노 기증 건으로 찬반 투표가 벌어지고 있었다. 순간 두렵고 떨렸다. 포기했던 일을 갑자기 아무런 예고도 없이 마주치게 되니 당황스러웠다. 마음은 원하고 간절했지만 빈대도 낯짝이 있지 불과 1년 전에 1억이 넘는 장학금을 받은 상태에서 또 2억이 넘는 피아노를 구걸한다니 낯이 화끈거리며 자존심이 허락하지 않았다.

그러나 한편으로는 슈타인웨이 피아노는 우리 학교의 숙원 사업이 아니었던가? 예술고등학교에서 슈타인웨이 피아노의 위치는 피아노 전공자들뿐만 아니라 모든 과에 절실한 것인데 이것이 시간만 간다고 해결될 문제가 아니지 않은가?

이번 기회 아니면 다시는 이런 기회가 없을 것 같았다.

그러나 아니나 다를까. 며칠 후부터 메일이나 쪽지로 여기저기서 연락이 왔다.

"김천예고에 너무 과한 피아노가 아닌가요?"

"아리스님들 모두 경제적으로 힘든데 김천예고에 그 비싼 피아노가 꼭 필요한가요?"

"지금이라도 피아노 투표를 멈추게 해 주세요." 등의 내용이었다.

다 맞는 말이었다.

그러나 내 자존심을 지키고 그 말에 피아노를 포기하기에는 교장으로서 너무 힘이 들었다. 학생들이 눈에 아른거렸다.

마음을 독하게 먹기로 했다.

이 쪽팔림을 견디자. 방법은 자존심이 상하더라도 눈을 감고 모르는 체하는 수밖에 없었다. 그런데 피아노 기증을 반대하는 분 중 몇 분이 교육청에 민원을 넣어 교육청 민원실에서 전화가 왔다.

자라 보고 놀란 가슴 솥뚜껑 보고도 놀란다는 옛말처럼 안티들에게 너무나 당해서 지레 겁을 먹고 팬 카페 스태프에게 피아노 기증을 멈춰 달라고 요청했다.

팬 카페 스태프들은 투표는 절대적인 찬성으로 끝났지만, 아직 모금 시작이 안 된 상태라 시간을 좀 끌면서 사태 추이를 지켜보자며 아쉬워했다. 하루하루 곰곰이 생각했다. 부끄러움을 무릅쓰고 투표까지 지켜보았는데 이제 와서 포기해야 한다니 너무 억울했다. 그렇게 시간이 흐르던 어느 날 갑자기 오기가 생겼다.

교육청 민원실에서 전화가 왔으니 그곳보다 상급 기관인 감사실에 역으로 먼저 질의하면 해결될 것 같았다.

학교법에는 정당한 기부는 문제가 없고 받을 수 있으니 말이다.

그래서 팬 카페 스태프들에게 전화해서 상의한 끝에 스태프들이 교육청 감사실에 이런저런 이유로 이런저런 과정을 거쳐 김천예고에 그랜드 피아노를 현물로 기증하려고 하는데 문제가 있는지 먼저 질의하기로 했다.

당연히 감사실에서는 김천예고에서 받겠다고 하면 아무 문제가 없다고 답이 왔다. 그다음부터는 모든 것이 일사천리로 이루어졌다.

지금도 내가 교장으로서 가장 잘한 것은 피아노를 기증받는 그때 모든 순간순간을 잘 견뎌 냈던 일이라고 생각한다.

지금 돌이켜 보면 피아노를 기증받을 당시 나나 팬 카페 임원들이 악기사로부터 무슨 커미션을 받은 것처럼 모함하는 사람들도 있었지만 모두 헛웃음만 나오는 근거 없는 낭설이다.

꿈의 슈타인웨이 피아노가 학교에 들어왔다.(아리스의 힘은 대단했다.) ▌

아리스 분들이 기증한 슈타인웨이 피아노로 학생들이 협연을 하고 있다. ▌

그 외에도 이런저런 일로 나를 음해하고 특히 명예 교장 선생님
과 나 사이에 껴서 서로를 이간질하는 사람도 많았다.

물론 싫은 것은 싫고 좋은 것은 좋다는 단순 무지한 나의 성격 탓
도 있지만 그때는 정말 교장 자리 사표를 내고 모든 인연을 끊고
조용히 숨어 살고 싶을 정도로 힘들었다.

사람이 살다 보면 이런저런 다양한 경험을 한다지만 이렇게 어려움을 겪다 보면 사람들의 본성을 보게 된다. 은퇴를 앞두고 가까이할 사람과 멀리해야 할 사람들이 구분되어 한편으로는 좋았다.

그러나 대다수의 많은 아리스님은 학교로 직접 찾아오셔서 따뜻한 격려를 해 주고 가셨다. 피아노와 그라피티 외에도 학생들과 교사들 그리고 아리스를 위한 휴게 공간인 '휴마루' 제작에 협찬해 주신 서울 아리스님이나 컬러 로드길 제작을 도와주신 아리스님들 그리고 교사 한 분 한 분에게 삼성 탭을 선물해 주신 제주도 아리스님 등 매 순간 하나님께서는 아리스님들을 통해서 넉넉하게 차고 넘치도록 채워 주셨다.

정말 놀랍고 경이로운 아리스님들이다.

2022. 02. '休마루' 아리스님들의 후원으로 아리스와
학생들을 위한 휴게 공간이 마련되었다.

7막

앙코르

1장

다시 불러 보는 노래

잊지 못할 연인의 편지를 두고두고 읽고 또 읽어 보듯이 그동안 호중이 팬 카페에 올렸던 편지들을 모아 보았다.

새집 이사 축하드리고 저도 이사 왔습니다.
호중이와 함께 번창하시길~^^

2020년 6월 10일
구 카페를 탈퇴하고 새로운 공식 카페로 이사 온 후 가입 인사

감사드립니다!
일찍 감사의 글을 올리려고 하다가 서가대 스밍에 방해가 될 듯하여 이제 감사의 말씀을 올립니다.

호중이 편으로 소식이 이미 알려졌듯이 지난 1월 21일 한일교육 재단이사회에서 김천예술고등학교 제4대 교장으로 임명되었습니다. 이는 그동안 호중이 모교인 본교를 위하여 물심양면으로 후원해 주시고 도와주신 팬 카페 아리스님들의 덕분입니다. 잊지 않겠습니다.

저 자신이 많이 부족한 사람이라는 것을 잘 알고 있습니다. 이런 저에게 또 다른 기회를 주심은 부족한 부분을 겸허히 받아들여 다시 성장할 수 있는 기회를 주신 것으로 알고 감사함으로 최선을 다하겠습니다.
부족한 사람이 막중한 직책을 맡아 여러 어려움이 많으리라 생각됩니다. 모쪼록 많은 격려와 관심을 가져 주시면 감사하겠습니다.

코로나가 조용해지면 학교로 아리스님들을 초대해서 뵐 기회가 있으리라 생각됩니다. 그날을 소망하며 이만 줄입니다.
건강하시고 좋은 하루가 되시길 기원합니다.

김천예고에서 교사 서수용 드림.

2021년 1월 25일 김천예고 교장으로 발령받고 쓴 편지

안녕하십니까? 김천예고 교장 서수용입니다.

매년 찾아오는 스승의 날이 되면 여기저기서 걸려 오는 제자들의 축하 전화와 메시지에 항상 고마워하면서도 미안함을 느끼곤 했

습니다. 별로 해 준 것도 없는 것 같은데 선생이라고 찾아오고 전화나 문자로 축하를 받는 것이 왠지 부끄럽고 미안할 따름입니다. 이번 스승의 날에도 많은 아리스 팬분을 포함하여 여기저기에서의 축하 전화에 몸 둘 바를 몰랐습니다.

어제는 호중이로부터 스승의 날 축하 전화와 예쁜 선물도 받았습니다.

마음 한편으로 너무 기뻤으나 다른 한편으로는 매년 의례적으로 오는 전화와 선물이었기에 별 감흥이 없이 받았습니다. 그런데 오늘 스승의 날 오전에 호중이로부터 장문의 문자를 받고 코끝이 찡했습니다.

교사가 되기 싫어서 멀리 떠났던 인생이 돌고 돌아 호구지책으로 교사가 되어서 어쭙잖은 실력으로 아이들을 가르치다 호중이라는 선물을 받고 지금까지 학생들을 가르치고 있지만, 오늘 정말 내가 교사가 되길 잘했다는 생각이 많이 들었습니다. 그리고 전국에 계시는 선생님들과 나를 가르쳐 주셨던 선생님들에게도 존경을 표합니다.

내년 스승의 날에는 제자도 자라고 스승도 자라 좀 더 성숙해진 모습으로 서로를 마주할 날을 기대해 봅니다.
다들 항상 행복하시고 건강하시길….

김천에서 서수용 올림.

2021년 5월 15일 스승의 날을 보내며 쓴 편지

먼저 무슨 말로 감사를 표현해야 할는지요. 과연 어떤 표현들로 우리 학교를 대표해서 감사의 표현을 해야 할지 생각이 나질 않습니다. 고맙습니다. 감사합니다. 아리스님들이 모두 앞에 계셨으면 큰절이라도 하고 싶습니다.

평생 꿈꿀 수도 없었던 일들이 현실이 되었을 때 믿기지 않고 현실 감각이 없는 것처럼 제가 지금 그렇습니다.

꿈에서만 존재했던 슈타인웨이(Steinway) 그랜드 피아노가 오늘 꿈속의 문을 열고 현실 속으로, 학교의 문을 열고 들어왔습니다.

코로나의 어려운 경제 여건 속에 모두가 힘든 상황에서, 자식들 눈치 보며 모아 둔 쌈짓돈을, 손자 손녀들이 준 용돈을 모아 소중한 돈을, 먹고 싶은 것, 입고 싶은 것, 참아 가며 모아 둔 돈을.
아시는 지인으로부터 공식 카페에서 김천예고에 그랜드 피아노 기증 여부를 묻는 투표가 시작되었다는 소식을 듣고 바로 공카에 들어가 확인하는 순간부터 지금까지 늘 바늘방석이었습니다.

제 개인 일이라면 그 순간 당연히 투표 정지를 요청했을 겁니다.
아니 평교사였더라도 그랬을 겁니다.
그러나 제 신분이 학교를 경영하는 교장이고 보니 주저하고 또 망설였습니다.

이 불편함을 조금만 참자! 이 낯짝 뜨거움을 조금만 참자!
아이들을 위해! 학교를 위해!
비난과 조롱의 눈총들을 느끼면서도 참고 또 참았습니다.

제 참음을 용서하시고 이해해 주시기 바랍니다.

오늘 피아노를 보니 부끄러웠습니다.
손뼉 치며 뛰며 좋아하는 학생들을 보니 좋았습니다.
제가 잘 참아서….

어쨌든 정성 어린 거금의 성금을 모아 주신 아리스님들에게 감사를 드리고 특히 이런 아이디어와 기획으로 우리 학교를 도와주신 부매니저님과 모든 공카 스태프 여러분들에게 감사를 드립니다.

좋은 날, 코로나가 없어진 날 학교에서 음악회로 뵐 수 있기를 소망합니다. 아니면 호중이 개인 콘서트에서….

좋은 밤 되시길….
김천에서 서수용 올림.

2021년 7월 15일 슈타인웨이 그랜드 피아노를 기증받고 쓴 편지

문안 인사드립니다. 김천예고 서수용 교장입니다.
그동안 잘 계셨는지요? 저는 여러분들의 관심과 사랑 속에 나름 행복한 시간들을 보내고 있습니다.
지난 금요일 서울 출장이 잡혀서 서울을 다녀왔습니다. 모처럼 서울 나들이라 그동안 숙제처럼 미뤄 왔던 일들을 같이 처리하리라 마음먹고 새벽같이 길을 나섰습니다. 운전하며 서울로 가는 차 안에서 소풍 가는 소년처럼 설렘과 기대감으로 갔습니다. 그날 한

분과 한 녀석을 만나 밀린 숙제를 하기로 마음먹고 가는 길이었습니다. 그 한 분은 저의 과거를 돌아보게 하는 분이고, 또 한 녀석은 저의 미래를 내다보게 한 녀석입니다.

그 한 분은 저에게 성악을 시작하게 했고, 교회에 나가게 제 등을 떠밀었고 또 지금의 집사람을 만나게 해 주셨던, 제 인생에서 한없이 소중한 김천고등학교 음악 선생님이셨던 이안삼 선생님입니다. 지금은 작고하셔서 분당 공원묘지에 잠들어 계시는데 돌아가신 후 처음 뵙고 인사드리는 거라 설레면서도 죄송한 마음이었습니다. 아침 일찍 선생님이 잠드신 곳 앞에 주저앉아 주체할 수 없이 흐르는 눈물을 훔치며 한없이 울었습니다.

이후 일을 마치고 늦은 점심시간에 한 녀석을 만났습니다. 군대 보내고 한 번도 면회를 못 가 봐 늘 미안함을 가지고 있었는데 이제야 호중이를 만났습니다.

호중이가 근무하는 곳은 장애인들과 함께하는 곳이라 호중이처럼 토실토실하게 생겨 더욱 정이 가는 김천 호두먹빵을 넉넉하게 손에 들고 면회를 갔습니다.

모처럼 본 호중이 모습이지만 여전히 튼튼하고(?) 토실토실 건강한 모습이었습니다. 여전히 귀여운 모습 그대로였습니다. 생각보다 잘 지내고 성숙해진 모습이었습니다. 안심되더군요. 장애인들에게 형처럼, 친구처럼 대하며 자기 일에 충실한 모습이 정말 보기 좋았습니다. 호중이를 맡고 계시는 팀장님도 너무 좋으신 분 같았습니다. 주말에는 연습실에서 연습하며 미래에 대하여 나름 고민하며 준비하는 모습이 믿음직하고 대견하기도 했습니다. 민폐를 끼칠까 조심스러워 30~40분 정도의 짧은 만남을 뒤로하고 헤어졌습니다.

김천으로 내려오는 길에 그동안 만나고 싶었던 사람들을 만나고 미뤄 왔던 숙제를 했다는 생각에 행복했습니다.

아리스님들도 만나고 싶었지만 만나지 못하고 숙제처럼 미뤄 두었던 분들이 계신다면 이 기회에 한번 만나 보시고 좋은 시간들 보내시길 빕니다. 물론 그 대상이 호중이라면 좀 더 기다리셔야 할 듯합니다.

평안하고 건강하시길~

김천에서 서수용 올림.

2021년 11월 28일 호중이 면회를 다녀온 후 쓴 편지

안녕들 하신지요?
새해 문안 인사드리며 기사로 접하시기 전에 미리 소식 전해 드려야 될 것 같아 이렇게 문을 두드립니다.^^

다름 아니라 어제 1월 21일 대한민국예술인센터에서 제가 2021 한국음악상을 수상했습니다. 너무나 큰 상이라 저에게는 영광이고 모든 게 하나님의 은혜이지만 호중이와 아리스 여러분들에게 감사를 드리지 않을 수가 없네요. 호중이와는 이미 통화를 했지만 아리스 여러분들의 도움이 아니었으면 아마 이 상은 꿈도 못 꾸었을 겁니다.

저에게 있어 음악은 항상 버거웠고 너무나 벅차서 도저히 넘을

수 없는 큰 산이었습니다.

그러기에 음악을 즐기면서도 제가 극복하지 못했던 성악의 난제들을 너무나 쉽게 뛰어넘는 호중이의 모습이 마냥 부러울 수밖에 없었습니다. 연주가로서의 길을 포기하고 음악 교육자로서의 길을 걸어갈 때 패배자라는 씁쓸한 기분이 항상 스스로의 자존감을 무너트리고 위축되어 살았으며 삶의 무게감을 너무나 절실히 느꼈습니다. 그러다 호중이를 만나고 또 나보다 뛰어난 제자들을 가르치고 사회에 배출할 때 무너졌던 자존감을 많이 회복할 수 있었습니다.

그래도 이 상은 저에게 너무나도 분에 넘친다는 생각을 지울 수가 없네요.

작년에 제가 좋아하고 존경하는 한 지인이 〈은혜〉라는 CCM 찬양을 저에게 가르쳐 주었습니다. 지금은 제가 가장 좋아하는 CCM이 되었지만 그 CCM에 "내가 누려 왔던 모든 것들이, 내가 지나왔던 모든 시간이, 당연한 것 아니라 은혜였소."라는 가사가 있습니다.

제가 지나왔던 2년의 모든 순간이 여러분들의 은혜였습니다.

감사합니다.
김천에서 서수용 올림.

2022년 1월 22일 한국음악상을 수상하고 쓴 편지

아리스님들, 안녕들 하신지요? 김천예고 교장 서수용입니다.

망설이다 아무래도 지난 6월 26일에 부산에서 있었던 호중이가 함께한 테너 도밍고 선생님의 내한 공연 때의 감격을 아리스님들과 같이 나누어야 할 것 같아 편지를 적어 봅니다.

그동안 호중이 제대 후 이루어진 여러 무대에 참여하여 보고 싶은 마음은 간절했지만 제가 가면 오히려 유일한 주인공으로 빛나야 할 호중이에 대한 아리스님들의 관심에 방해가 되리라는 염려로 콘서트에 참석할 생각을 전혀 안 했습니다. 그러나 이번 도밍고 내한 공연은 그 의미가 전혀 달라 안 갈래야 안 갈 수 없었습니다.^^ 영화 〈파파로티〉의 마지막 장면이 이루어지는 듯한 기분도 들고~^^

평소 제가 좋아하고 테너들의 우상이었던 도밍고 선생님의 내한 공연에 호중이가 같이 무대에 선다니 이게 도저히 믿기질 않아 내 눈으로 확인하고 현장에서 느껴 보고 싶기도 했습니다. 또 한편으로는 클래식 무대라 같은 클래식을 한 사람으로서 현장에서 공연하는 모습과 내용이 나중에 호중이에게 도움이 되지 않을까 하는 마음에 공연을 보기로 했습니다. 가기로 결정하고 보니…. 헐~ 티켓값이 장난이 아니라 망설이던 차에 호중이와 저의 지인분의 초대로 세계적인 큰 무대에는 평생 한 번도 앉아 보지 못했던(교장 월급으로는 도저히 감당이 안 되는^^) VIP석에서 음악회를 감상하는 호사를 누렸답니다. 공연장에 도착하여 아리스님들의 넘치는 환영과 관심을 한 몸에 받으며 숨바꼭질하듯(?)^^ 음악회를 감상했습니다. 도밍고에게 직접 초대받아 무대에 같이 설 수 있는 사람이 대한민국에서 과연 몇 명이 될까? 도밍고 선생님이 고마웠고, 호중이가 부럽고 자랑스러웠습니다.

어쩌면 마지막으로 들을 수 있을지도 모르는 80을 넘긴 세계적인 대

테너의 음성을 직접 확인할 수가 있어서 좋았고 이렇게 큰 무대에 서는 호중이의 모습을 보고 노래를 직접 들으니 더더욱 행복했습니다. 호중이의 첫 무대, 오페라 〈루치아〉의 〈에드가르도의 아리아〉를 부를 때 제 손에 땀이 나기 시작하더군요. 조마조마해서 얼굴을 들어 호중이를 볼 수가 없었습니다. 워낙 어려운 아리아이고 평소 호중이가 이 아리아를 부르는 것을 한 번도 들은 적이 없어서 오히려 내가 더 긴장이 되었습니다. 또 긴장했는지 소리가 막히고 편하게 들리지 않아 걱정되는 차에, 스치며 서로 마주친 눈빛에 불안한 모습이 살짝 보여 이내 고개를 숙이고 첫 곡이 무사히 잘 끝나기만을 기도하는 마음으로 눈을 감았습니다.

그러나 그 실력이 어디 가겠습니까? 마지막 극고음까지 무난하게 소화해 내는 모습을 보고 겨우 한숨을 돌릴 수 있었습니다. 역시 대단한 녀석이구나! 내 제자 호중이가 기대를 저버리지 않는 모습이 대견스러웠습니다.

다음 날 호중이와의 통화에서 공부하는 자세로 이 곡을 택하여 불렀다는 말을 듣고 배우고 노력하는 모습이 기특하고 자랑스러웠습니다. 물론 도밍고와의 2중창에서 도밍고 선생님에 대한 조금의 아쉬움은 있었지만(80이 넘는 고령을 생각하면 이해되지만~^^) 이후 호중이의 무대는 소리가 풀리고 자신감이 넘쳐 아주 좋은 소리로 모든 곡을 완벽하게 잘 소화해 냈고 저도 편안하게 감상할 수 있었습니다.

그러나 뭐니 뭐니 해도 그날의 최고의 하이라이트는 마지막 앙코르 송으로 부른 〈물망초(Non ti scorda di me)〉였습니다. 지금도 그 순간을 생각하면 진한 감동이 느껴집니다.

평상시 여러 아리스님을 대하며 다른 가수들의 팬클럽하고는 그

차원이 다르다, 예사롭지 않다고는 느낀 적이 많았습니다. 전공자들도 아닌 일반인들이! 록 콘서트도 아닌 클래식 콘서트에서! 한국어도 아닌 이탈리아 원어로! 또 거기에다 가사를 외우기엔 쉽지 않은 연식이 있으신 분들이! 아이돌 팬클럽에서나 볼 수 있는 떼창(?)이라니….

세상천지 어디서고 상상할 수도 없는 일이 눈앞에서 펼쳐지는 광경은 보고 있으면서도 믿을 수 없는 광경이었습니다. 그날의 하이라이트! 그날의 박수받을 주인공은 바로 아리스 여러분들이셨습니다. 무대에 서는 이들에게 가장 감사하고 감격스러운 자리가 바로 그런 자리입니다. 가슴 벅찬, 평생 잊지 못할, 감동의 순간이었습니다. 코끝이 찡하더군요(도밍고도 놀라는 눈치였죠~^^).

대단하십니다…. 아리스님들! 새삼 다시 보게 되었습니다.

공연을 마치고 민폐를 끼칠까 부리나케 공연장을 도망치듯 빠져나왔습니다. 대구로 올라오는 차 안에서 〈물망초〉 노래를 계속 흥얼거리며 행복에 젖었던 하루였습니다.

Non ti scorda Ho Joong(호중이를 잊지 말아요)~!

장마철 무더위에 항상 건강하시고 오늘도 좋은 하루가 되시길….

김천에서 서수용 올림.

2022년 6월 28일
호중이와 도밍고의 부산 공연을 다녀온 후 쓴 편지

2장

못 다 부른 노래

"가난한 사람에게 은혜를 베푸는 것은

주님께 꾸어 드리는 것이니,

주님께서 그 선행을 넉넉하게 갚아 주신다."

잠언 19:17

돌아보면 세상 사람들은 나의 재능과 나의 노력들을 안 굶어 죽을 만큼 적당히 쥐여 주며 열정 페이로 이용만 했지, 그 노력과 정성에 걸맞은 정당한 대우를 받아 본 적이 별로 없었다. 그러나 오직 나의 하나님만큼은 나의 노력과 정성들을 높이 사시고 그 삯을 넉넉하게 넘치도록 갚아 주시었다.

아무도 알아주지 않는 자를 세워 대구에서 제일 큰 교회에 20여 년 동안 찬양대 지휘로 섬기게 하심에 감사합니다. 호중이를 통해 주신 재능을 쓰임 있게 하심을 감사합니다. 그를 통해 영화로, 〈미스터트롯〉으로 세상에 알려진 사람으로 세우셨습니다. 교장으로 교육에 대한 또 다른 면에서 그 뜻을 펼치고 경험해 볼 수 있는 기회를 주심에 감사합니다.

한국음악상과 경북예술상 대상을 타게 하셨으니 이렇게 후한 삶이 또 어디에 있겠는가?

이제 남은 인생의 2막 그 길은 오직 하나님만 아신다. 허락하시는 날까지 어디서 어떤 선택을 하든 하나님 뜻에 맞는 일을 하기를 원한다. 주어진 자리에서 겸손하게 최선을 다하기를 원한다.

내가 지금 누리고 있는 소확행이 있다면 한 주를 열심히 살고 토요일 아침 아내와 빵집에서 맛있는 바게트 샌드위치와 커피를 사서 미술관 공원 벤치에서 느긋한 아침을 먹는 기쁨이 있다. 집 근처 맛있는 빵집이 있다는 것도 인생에서 소소하게 누릴 수 있는 행복 중 하나다. 미술관 주변을 산책하고, 미술관의 첫 관객으로 조용한 가운데 그림을 감상하는 것도 내 삶의 소소한 행복이요, 큰 기쁨이다. 보고 싶은 영화를 기억해 두었다가 느긋하게 보고 오는 날은 더없이 호사를 누린 듯, 원하는 선물을 모두 받은 듯이 마음이 좋다. 내친김에 별미로 점심까지 먹고 집으로 돌아와 졸 듯 놀 듯 시간을 보내는 토요일의 순간들이 너무 좋다. 이 소확행은 잠시의 시간이지만 내 삶에 충분한 쉼과 위로를 주는 순간들이기에 소중하게 이어 갈 것이다.

호중이에 대해서는 정말 하고 싶은 이야기가 많지만 괜한 분란의 소지를 만들고 싶지 않아 독자들의 기대와 달리 많이 생략했다. 언젠간 영화 〈파파로티〉처럼 픽션이 아닌 팩트에 근거한 뮤지컬 〈파파로티〉를 제작하여 무대에 올려 보고 싶다. 이것은 내가 인생 2막에서 꼭 이루고 싶은 소망 중 하나다.

또한 성악을 하는 학생 중 호중이처럼 어려운 아이들을 도와 꿈을 실현하게 해 주고 싶기도 하다.

또 세계 그라피티 아트 페스티벌도 계획하여 도시 축제로 만들어 보고 싶기도 하다.

또한 어른들을 위한 아지트를 만들어 도움이 필요한 아이들을 찾아 함께 힘을 모아 돕기를 자처하는 사람들과 커피를 내려 마시며 정담을 나누고 싶다.

그러려면 문화, 장학재단을 만들어야 할 듯하다.

그리 나쁘지 않은 생각인 것 같다.

잘 될지는 모르겠지만 지금부터 열심히 달려 볼 생각이다.

아마 그 첫걸음이 이 회고록 출간이라 생각한다. 비록 사람이 계획할지언정 그 길을 인도하시는 분은 오직 하나님이시니 기다리고 또 기다릴 것이다. 그동안 지켜 주시고 인도하셨던 하나님이 나의 인생 2막의 대본을 벌써 다 써 놓으시고 기다리고 계신다는 것을 생각하면 가슴이 뛴다. 나는 그 역할에 맞는 충실한 종으로 인생을 멋지게 살아가 볼 예정이다.

 내가 장성하여 어른이 되었을 때 무슨 좋은 일이 있어 어머니에게 말씀드리면 어머니는 "아이고, 고맙네~ 이 사람아, 고맙네!"라고 말씀하시곤 했다.

 그때는 그 말이 무슨 말인지 몰랐다.

 내가 무엇을 사 드린 것도 아니요, 선물을 해 드린 것도 아닌데 무엇이 저리 고맙다는 것인지….

 단순히 자존심 강하신 어머니의 자존심을 세워 드려 고맙다는 것인가? 아니면 어디 가서 어깨를 펴고 자랑할 거리가 생겨 고맙다는 것인가?

 막연했다.

 그러나 내가 아이의 아버지가 되고 그 아이가 장성하여 유학을 가고 고등학교와 대학을 졸업하고 석사를 마치고 박사 과정을 들어갈 때마다 나의 입에서는 나도 모르게 "아들, 고맙다."라는 말이 절로 나왔다.

 그제야 어머니의 고맙다는 말의 의미를 정확하게 알 수 있었다.

 이 고맙다는 말은 부모로서 해 준 것이 별로 없는데도 자식 스스로 잘 커 준 것에 대한 고마움의 말이었다.

 돌아보면 부모가 자식에게 베풀 수 있는 시간은 많지 않다.

 보통의 경우 자식이 대학에 들어가기 전 19세까지 부모의 품에서 아이를 키우게 되고 그 이후로부터는 거의 독립된 삶을 살아가게 된다.

80년 인생 중 고작 19년 정도 품에 품고 있다.

이 험한 세상에서 혼자 잘 커 준다는 것이 얼마나 어려운 일인가?

그 어려움만큼이나 부모 마음은 고마운 것이다. 선생은 더하다. 많이 가르쳐 봐야 고작 3년이다.

나는 지금도 무대에서 노래하는 모든 제자의 모습을 보며 고맙다는 생각을 한다.

호중이가 그랬고 재명이와 혜원이도 그랬다. 그리고 다른 모든 제자도.

"선생으로 가르친 게 별로 없는데 이렇게 잘 커 줘서 고맙다."

마지막으로 내가 해 드린 게 별로 없는데 나를 도와주시고 위해 주신 모든 분에게도 마음을 전하고 싶다.

고맙소!

고맙습니다!

책을 마치면서

불행한 사람은 갖지 못한 것을 사모하고
행복한 사람은 갖고 있는 것을 사랑한다.

60여 년을 산 사람이 살아온 날들을 돌아보니 고작 1시간도 안 되는 기억들뿐이라 처음에는 매우 당황스러웠다. 60년 다른 사람의 삶을 들여다보는 것도 아니고 내가 산 삶을 돌아본다는 것은 별일이 아니라 생각하고 시작했다. 시작부터 만만치 않았다.

첫째는 내가 60년을 산 것이 맞나? 기억이 없었다. 실제로 아무런 경험이 없이 살았던 사람처럼.

둘째는 기억이 나기 시작하면서 좋았던 기억만 나는 것이 아니라 기억하고 싶지 않았던, 힘들었던 것들이 기억나면서 억지로 덮어 두었던 기억들이 판도라의 상자가 열린 듯 어제 일처럼 생생하게 기억나서 다시 그 감정을 겪어야 하는 게 힘들었다.

좋았든 좋지 않았든, 한 번쯤은 인생의 살아온 찌꺼기들을 거르고 갈 수 있는 시간이어서 좋았다. 오래 묵힌 창고를 정리한 듯, 입지도 않으면서 나름대로 의미를 붙여 쌓아 두었던 옷장을 정리한 듯, 개운함이 있다.

글을 붙들고 하루, 이틀⋯. 시간이 지날수록 나의 인생의 수면 밑에 가라앉아 숨도 못 쉬던 것들이 하나둘씩 꿈틀대며 고개를 내밀고 나와 마주하게 된다. 사건과 사연들, 사람과 장소들, 만남과 이별들 모두를 다시 마주한다.

자신의 지난 시간들을 들추어 본다는 것은 두려운 일이기도 하지만 내가 나를 객관적으로 볼 수 있고 여러 가지 충분한 가치가 있는 일이다.

싫고 두려운 것들로부터 조금은 자유로워지고

좋고 따뜻한 것들로부터 다시금 위로를 받는다.

그래서 회고록이라는 제목으로 시작한 나의 돌아봄의 시간은 이렇듯 충분한 의미가 있는 시간이었다.

여러분도 시작해 보시라.

시작이 반이라 하지 않던가.

세상에서 만난 아들로, 질투심을 자극하는 제자로,

인정할 수밖에 없는 큰 별로 내 인생에 들어온 녀석.

그 녀석은 여전히 내 삶과 내 속을 흔들고 있다.

그 흔들림이 서로를 성장하게 하는 큰 울림이 되기를 오늘도 기대하며 글을 마친다.

고맙소

1판 1쇄 발행 2023년 3월 20일
1판 3쇄 발행 2023년 4월 17일

지은이 서수용

교정 주현강   편집 유별리   마케팅·지원 이진선

펴낸곳 (주)하움출판사   펴낸이 문현광

이메일 haum1000@naver.com   홈페이지 haum.kr
블로그 blog.naver.com/haum1007   인스타 @haum1007

ISBN 979-11-6440-320-2(03810)